Bloed op de hei

Verder, verder, duizelingwekkend verder door de duisternis
waar blinde tentakels tastten en slijmerige snuiten aan
naamloze dingen snuffelden en giechelden,
giechelden, giechelden.

Uit: 'De droomwereld van Kadath', H.P. Lovecraft

Bies van Ede

Bloed op de heksensteen

Tekeningen van René Pullens

Zwijsen

Voor Jesse

STICHTING NEDERLANDSE
KINDERJURY
1995

AVI 9

3 4 5 / 98 97 96 95

ISBN 90.276.3299.5
NUGI 221

© 1994 Tekst: Bies van Ede
Omslag en illustraties: René Pullens
Uitgeverij Zwijsen Algemeen B.V. Tilburg

Voor België:
Uitgeverij Infoboek N.V. Meerhout
D/1994/1919/141

Inhoud

1. Agnes

Kinderen mag je niet gevangen zetten. Toch zat Agnes Giesberger al drie dagen opgesloten in een cel op het politiebureau van Houthem in Limburg. De politie wist niet of ze gek was, of gevaarlijk, of allebei. Voor de zekerheid hielden ze haar daarom vast. Een meisje van negen jaar dat haar achter-oudtante vermoordt, moest wel een monster zijn. En monsters horen achter tralies. Zo simpel was dat.

Ze hadden haar vandaag een pen en een schrift gegeven om haar verhaal op te schrijven. Een schriftelijke verklaring geven, noemden ze dat.

Agnes zat aan het tafeltje in de cel en schreef haar verklaring op: Achter-oudtante Magdalena was dood, maar Agnes had haar niet vergiftigd. Toen ze tante Magdalena de pap met rattenkruit gaf, was ze al lang dood.

Nu het er zwart op wit stond, was het volkomen idioot, maar Agnes wist inmiddels dat er dingen zijn waar je niet zomaar een kloppend rekensommetje van kunt maken. Dingen die volledig idioot zijn als je ze met je gezonde Hollandse verstand bekijkt.

Wat Agnes in de Mergelland Hoeve had meegemaakt, was een droom, een ontsnapte nachtmerrie. Maar hoe vertel je zoiets aan agenten die alleen geloven in wat je kunt zíen? In bewijzen die je kunt oppakken en van alle kanten bekijken?

Er was één bewijsstuk, een ketting met een merkwaardig geslepen edelsteen. Een groene steen, zo groot als een stuiter, met rode adertjes. Hij voelde warm en zacht aan, alsof je hem kon kneden, maar toch was hij harder dan diamant. Agnes had het hangertje niet aan de politie laten zien, want ze zou nooit kunnen vertellen hoe ze eraan gekomen was.

Ze keek naar het schrift waar haar verklaring in moest komen. 'Het hele verhaal,' hadden de agenten gezegd.

Agnes glimlachte. Het was niet nodig om alles op te schrijven. Dokter Phillips en zijn zoon Gijs zouden al genoeg verteld hebben om de politie aan het denken te zetten. Bovendien wist ze dat dit de laatste dag in de cel was. Morgen zou ze verdwenen zijn.

2. Naar Limburg

Bijna iedereen heeft thuis foto's van opa of oma, een schoe-
nendoos met herinneringen aan familiefeesten of een zegel-
ring die van overgrootvader is geweest.

Bij Agnes thuis, toen haar ouders nog leefden, kon je aan
niets zien dat er andere Giesbergers waren. Geen foto's, geen
aandenkens, niets. Dat was vreemd, want Agnes' familie was
heel oud. De naam Giesberger ging helemaal terug tot de
middeleeuwen. Voluit heette ze Agnes Margaretha Cornelia
Vos van Giesberger en daar kon je al aan zien dat de
Giesbergers niet de eerste de besten waren. Er stroomde zelfs
een beetje adellijk Duits bloed in hun aderen.

Agnes had altijd geweten dat ze geen gewoon meisje was.
Het begon al bij haar naam. Je schreef Agnes, maar je zei
Anjès. Een naam dus, die anders was dan hij er uitzag. Agnes
vond dat ze net zo anders was als haar naam.

Als ik groot ben ontdekken ze dat ik eigenlijk een prinses
ben, fantaseerde ze soms.

Ze begreep niet waarom haar ouders niets met de familie te
maken wilden hebben. Ze lieten zelfs het eerste stuk van hun
achternaam weg, zodat Agnes dus gewoon Giesberger heette.
Je kunt natuurlijk wel doen of je niets met je familie te
maken hebt, maar aan Agnes kon je zíen dat ze een Vos van
Giesberger was. Ze leek sprekend op haar grootmoeder.
Tenminste, dat vonden vrienden van haar ouders. Als Agnes
haar ouders vroeg of het klopte, gaven ze geen antwoord.
'Later, als je groot genoeg bent om het te begrijpen, zullen

we het uitleggen,' zeiden ze.

Maar voordat Agnes 'groot genoeg' was, kregen haar ouders een treinongeluk en was Agnes wees.

Het gebeurde zo plotseling dat ze geen tijd had voor verdriet. Ze was alleen maar kwaad. Kwaad op haar ouders, op de spoorwegen en op de mensen die haar niet konden troosten.

Agnes geloofde niet dat ze nu een wees was. Net als in sprookjes zou ze ontdekken dat ze in het echt een prinses was. Ergens, op een kasteel zaten haar koninklijke ouders te wachten.

Daarom hadden we geen foto's van ooms en tantes in huis gehad, verzon ze. Ik zou mijn familie uit de krant herkennen en dan was het geheim verklapt.

Agnes kwam in een tehuis in Utrecht, waar ze twee jaar woonde. Ze kon er niet wennen. Ze hoopte iedere dag op een boodschapper van de koning die haar mee zou nemen, maar dat gebeurde niet.

Toen kwam de dag dat de directeur van het tehuis vertelde dat iedereen zich had vergist. Ze had nog wél familie, al was het geen koninklijke.

'Voordat je hier kwam, hebben we uitgebreid gezocht,' zei de directeur. 'Advertenties gezet en gepraat met vrienden van je ouders. Familie hebben we niet gevonden. Nu blijkt er een tante te zijn.' Hij keek in de papieren op zijn bureau. 'Een achter-oudtante. Dat betekent...' hij dacht even na. 'Ze is de nicht van je oma van moederskant. Ze heet Magdalena Peschier.'

Een tante, dacht Agnes teleurgesteld. Ze had gehoopt op een koningin.

'Het is al een oude dame, hoor. Eénennegentig. Maar ze woont nog op zichzelf op een boerderij en ze wil graag dat je bij haar komt. Wat denk je ervan?'

Agnes haalde haar schouders op. 'Als het moet, wil ik wel. Is het voor altijd, of mag ik eerst proberen?'

De directeur glimlachte. 'Niets is voor altijd. Het is heel verstandig om eerst te proberen. Heb je zin om in de zomervakantie een weekje naar Limburg te gaan? Dan kun je kennismaken.'

Agnes knikte. Stiekem hoopte ze dat de tante zou vertellen dat de Giesbergers gevluchte koningen waren die een valse naam gebruiken. Wie weet kwam ze er in Limburg achter dat ze inderdaad een bijzonder meisje was.

3. De Mergelland Hoeve

Op een warme zomerdag halverwege juni stapte Agnes uit de trein op het station van Houthem, in het puntje van Limburg. De taxichauffeur keek niet op van een meisje alleen als klant. Toen de taxi Houthem uitreed, had Agnes het gevoel dat ze in een ver land was. Een chauffeur die bijna buitenlands sprak en een landschap met heuvels en dalen en dichte bossen. Ze kwamen langs dorpjes met grappige namen als Cadier en Keer, Gronsveld en Mheer.

Voorbij Mheer, waar goudgeel graan op de akkers stond en waar boerderijen verscholen achter hoge groene bomen lagen, verliet de chauffeur de hoofdweg. Ze reden nu over slingerende weggetjes met hier en daar stukken asfalt en verder veel keien. De blauwe lucht trilde van de hitte en boven de bloeiende struiken dansten wolken vliegjes.

Ver weg zoemde een tractor en hier en daar graasden koeien op weilanden. Agnes zong geluidloos een liedje.

'Waar moet je zijn, in Oudenaarde?' vroeg de chauffeur.

Agnes haalde het briefje uit haar broekzak waar ook haar zakgeld zat. Ze wist het adres uit haar hoofd, maar voor de zekerheid las ze het voor. 'De Mergelland Hoeve, Oudenaardseweg vijf in Oudenaarde.'

De chauffeur keek haar met een frons aan. 'Weet je het zeker?'

Agnes knikte. 'Mijn tante woont er. Ik ga logeren.' Het woord tante kwam er onwennig uit.

Het gezicht van de chauffeur betrok. 'Het gaat mij niet aan,

maar weet je wel dat er verhalen verteld worden over de Mergelland Hoeve?'

'Nee,' zei Agnes.

'En het zijn geen mooie verhalen. Het is een plek waar nette mensen liever niet komen.'

'Maar het is mijn tante.'

'Als je wist wat er in die boerderij gebeurd is, zou je daar niet trots op zijn. Jij komt natuurlijk niet uit deze buurt, dus je weet nergens van.' De chauffeur ontweek een diepe kuil in de weg.

'Wat voor verhalen dan?'

'Ach het is al van lang geleden. Ik zei al, het gaat mij niet aan. Maar ík zou mijn dochtertje niet in die hoeve laten logeren. Hoe oud ben je?'

'Negen.'

De chauffeur knikte en klakte met zijn tong. 'Dat bedoel ik.'

'Wat voor verhalen dan?' herhaalde Agnes.

'Hekserij. Het deugt er niet. Ik ben blij dat ik niet in Oudenaarde woon. De mensen hebben daar heel wat last met dat oude wijf gehad.'

'Met mijn tante?'

'Nee, nee vroeger, met de heks van de hoeve.'

Agnes keek hem verbaasd aan.

Ze zag haar tante opeens voor zich: een krom oud wijf met een haakneus en wratten. Op haar schouder zat een zwarte kat met gemene groene ogen.

'Mijn tante is al heel oud, maar ze is vast geen heks,' zei ze, eigenlijk tegen zichzelf.

De chauffeur knikte. 'Ach, ik moet me ook niet zo laten gaan.

14

Maar ja, als je in kleine dorpen bent opgegroeid, zoals ik, hoor je zoveel oude verhalen, dat je er bijna in gaat geloven. Kijk, een nachtzwaluw.'

Agnes bekeek de zwart met bruine vogel die laag over de akkers vloog.

De chauffeur reed een brede klinkerweg op. Rechts lag een dicht loofbos. In de verte prikte een kerktoren in de blauwe lucht.

'De toren van Oudenaarde,' zei de chauffeur. 'We zijn er bijna.'

Een paar minuten later stopte de taxi voor een lage, vervallen boerderij die tegen de rand van een somber bos stond.

De chauffeur tilde de koffer uit de achterbak en reed weg. Agnes keek de auto na. Hij reed harder dan nodig was. Zou de chauffeur toch meer van de oude verhalen geloven dan hij wilde toegeven? Hij had haar koffer best even naar de voordeur kunnen dragen.

4. Tante Magdalena

De Mergelland Hoeve was oud. Hij had geelwitte muren, grijze balken en kleine ramen. Er hing iets slaperigs om de boerderij. Het leek of hij al sinds het begin van de tijd stond te dromen in het landschap. Maar prettige dromen waren het niet.

Agnes zeulde de koffer naar een smalle deur in de zijmuur en klopte. Het was het enige geluid dat ze rond de boerderij hoorde. Er was geen waakhond, er loeiden geen koeien, vogels floten niet. Er zoemden zelfs geen insekten.

Toen hoorde ze binnen voetstappen en de deur ging krakend open. Agnes keek in het gezicht van een oude vrouw met grijs haar in een strakke knot. Ze had honingbruine ogen en om haar gerimpelde mond zweefde een droevige glimlach. Ze zag er uit als een lieve schooljuffrouw die vreselijk verdrietig is omdat haar leerlingen ieder jaar weer naar een andere klas gaan.

'Ik ben Agnes,' zei ze, omdat haar niets fatsoenlijks te binnen schoot.

De oude vrouw glimlachte en deed een stap opzij. 'Je bent vroeg, ik had je nog lang niet verwacht.' Haar stem was zacht en zangerig.

Ze keek naar een klok aan de muur en zei toen: 'Hemel, ik heb veel langer gestudeerd dan ik dacht. Je bent keurig op tijd. Kom binnen schatje. Zet je koffer hier maar neer. Wil je thee, of heb je liever iets kouds? Het is warm hè?'

Agnes knikte.

'Iets kouds dan maar?'

'Ja mevrouw.'

'Zeg maar tante Magdalena hoor, tenslotte bén ik je tante.'

'Goed, tante Magdalena.'

Ze liepen naar de keuken. Het was een enorme ruimte met een ouderwets aanrecht. In plaats van een kraan, hing er een pomp boven de gootsteen. De grote ijskast in de hoek paste er helemaal niet bij. Veel te modern voor zo'n oude boerderij.

Tante Magdalena schonk cola met ijs en citroen in.

Agnes rook de geur van de boerderij. Stoffig, oud en ongezellig, alsof het huis liever geen bewoners wilde.

'Zo,' zei tante Magdalena na een poosje ongemakkelijk. 'Tja, daar zitten we dan. Vreemd hè? Je zult je wel afvragen waarom ik nu pas iets van me heb laten horen.'

Agnes haalde haar schouders op. 'Een beetje.'

'Ik moet je eerlijk zeggen dat ik het zelf ook niet weet.' Ze speelde met haar glas. 'Het zit zo. Ik weet pas sinds een jaar dat jij er bent. Vóór die tijd dacht ik dat je vader en moeder kinderloos gestorven waren.'

Een jaar is lang zat, dacht Agnes. Tante heeft geen haast gemaakt. Ze schoof de onaardige gedachte weg.

'Ik wist niet of ik naar je tehuis moest schrijven. Wat moet een meisje van jouw leeftijd met een oud mens als ik? Maar van de ene op de andere dag...' Ze schudde haar hoofd. 'Nee, van het ene op het andere moment... Nee ook dat niet...' Ze keek Agnes verward aan. 'Ik weet niet waarom ik heb geschreven. Ik kan het me zelfs niet meer herinneren. Het is alsof iemand anders die brief schreef.'

Ze stond op en begon heen en weer te lopen.

'Natuurlijk heb ik hem zelf geschreven, maar ik wilde het niet... ik...'

Ze leunde op de keukentafel en veegde over haar voorhoofd. In haar ogen verscheen een vreemde rode gloed.

Het leek of ze een heel ander gezicht kreeg. Het trok vol rimpels, alsof het door een onzichtbare hand werd verkreukt.

Agnes voelde zich plotseling alsof ze alleen in een donker bos stond. Honderden kilometers van huis, samen met een oude vrouw met enge ogen. Ik wil naar huis, dacht ze.

In het gezicht van haar tante verdwenen de rimpels. Haar ogen werden weer bruin en de glimlach kwam terug. Ze ging zitten.

'Te veel opwinding is niet goed op mijn leeftijd,' zei ze en glimlachte verontschuldigend.

'Daarom ben ik hier ook komen wonen: voor de rust. De hoeve heeft jaren leeggestaan. Ik had hem geërfd zonder het te weten. Zo had ik ook een achternichtje zonder het te weten.'

'Het is hier zeker niet leuk hè?' vroeg Agnes. 'Er is hier voor mij zeker niks te doen?'

'Niet zo als in Utrecht, natuurlijk.'

'Nee, dat dacht ik al,' zei Agnes opgelucht. Ze had in elk geval al één goede reden om niet in Oudenaarde te hoeven blijven.

Tante Magdalena glimlachte. 'Maar er is hier veel te vinden van lang geleden. Dit hele huis staat bol van de geschiedenis. En dankzij die geschiedenis heb ik jou gevonden. De afgelopen vijf jaar, zolang als ik hier woon, heb ik me in de familie verdiept. Ik ben heel wat over onze voorouders te weten gekomen. Er is veel gebeurd in deze hoeve. Kom, ik zal je rondleiden.'

Aan de voorkant van de boerderij lag een kamer met prachtige meubelen die heel ouderwets waren, maar er uitzagen alsof er nooit iemand op had gezeten. Op een antieke tafel stond een reusachtige oude televisie.

'De zondagse kamer,' vertelde tante Magdalena. 'Hij is er speciaal voor deftige visite, verjaardagen en feestdagen. 't Is natuurlijk vreselijk ouderwets, maar ik vind het wel iets hebben.'

De slaapkamers lagen boven, direct onder het dak. Het waren er vijf, langs een smalle overloop dwars door het huis.

'Ik slaap helemaal achterin,' zei tante Magdalena, 'en dit is jouw kamer.'

Ze opende de deur van een kamer met een paar kleine ramen in het schuine dak. Zonlicht scheen in stoffige banen naar binnen. Er stonden een bed, een grote ouderwetse kast en een ronde tafel met een stoel. Verder was de kamer kaal. Kaal en ongastvrij, zoals kamers waar lang niemand meer geweest is.

Tante Magdalena liet Agnes nog een ouderwetse wc en douche zien en daarna liepen ze terug naar beneden.

'Er is ook nog een grote kelder onder het huis. Mijn boeken en paperassen over de geschiedenis van de familie liggen er. Ik zal het je binnenkort wel laten zien. Kom, we gaan de stallen en het erf bekijken.'

Wat Agnes opnieuw opviel toen ze buiten stonden, was de stilte. Waarom ruisten de bomen van het bos niet en floten er geen vogels? In de verte zag ze vogels vliegen, nachtzwalu-

19

wen misschien wel, maar ze bleven uit de buurt van de boerderij.

Achter het woonhuis was een grote schuur waar vroeger
koeien gestaan hadden. Het rook er vaag naar mest en het
hooi van de hooizolder die nu leeg was.

Naast de stal lag nog een moestuintje met verpieterde groen-
te. Agnes keek naar het dichte bos dat aan de rand van het erf
oprees. De takken van de bomen waren in elkaar gestrengeld.
Ze leken een muur die mensen moest tegenhouden. Er ging
geen pad van het erf naar het bos, nergens stonden de bomen
ver genoeg uit elkaar om ruimte voor een goed pad te maken.
Het bos wilde geen bezoek.

Net als de boerderij, dacht Agnes.

'Dit is geen vruchtbaar stuk land,' zei tante Magdalena. 'Het
lijkt of het bos al het voedsel weg zuigt. Je overgrootouders
hebben de akkers en weilanden met de grootste moeite kunnen verkopen. De boeren in de buurt wilden er haast niets
voor betalen.'

Terug in de keuken dronken ze nog een glas. Tante
Magdalena vertelde over de rust van het Limburgse land,
maar Agnes luisterde niet echt. Ze probeerde een smoes te
verzinnen. Iets om morgen alweer naar huis te kunnen, maar
ze snapte dat dat niet zou lukken. 'Een dag is te kort,' zou de
directeur zeggen.

Ze moest het in elk geval een paar dagen volhouden. Dan kon
niemand zeggen dat ze haar best niet had gedaan.

5. De kelder

Agnes lag in bed. Ze dacht aan het tehuis, waar haar kamertje vol posters van paarden hing en vroeg zich af hoe ze de tijd in deze boerderij moest doorkomen. Ze dacht aan wat de taxichauffeur had gezegd over de heks die in deze boerderij gewoond had. Zou haar spook hier 's nachts ronddwalen?

'Hè,' zei ze tegen zichzelf. 'Hou op.' Ze probeerde te doen alsof ze in haar kamertje in Utrecht was. Het hielp een klein beetje. Ze voelde zich iets minder vreemd.

Maar terwijl haar ogen zwaar werden, leek het of de kamer nóg onvriendelijker werd. Het was of iets kwaadaardigs wachtte tot het helemaal donker was. De schaduwen kropen naar elkaar toe als de vingers van een reusachtige zwarte hand.

'Ik ben niet bang,' dacht Agnes. 'Ik ben niet bang.' Ze drukte haar gezicht in het kussen.

Het kon nog niet laat zijn. Door de dakraampjes zag Agnes de heldere nachtlucht. De sterren straalden fel, alsof ze dichterbij stonden dan thuis in Utrecht. Rond de boerderij was het stil, doodstil. Geen wind in de bomen van het bos, geen passerende auto's. Het was of de hoeve op de top van een berg stond. Vlak onder de sterren, dicht bij de plaats waar de goden van lang geleden woonden.

Agnes ging overeind zitten. De goden van lang geleden? Hoe kwam ze daar nou bij? Ze sloeg de deken weg en ging naast haar bed staan.

Op blote voeten liep ze naar de wc op de overloop. Maar in plaats van naar binnen te gaan, ging ze de trap af om te zien of tante Magdalena in de keuken zat.

Onder aan de trap zag ze dat er licht brandde achter de deur naar de kelder. Tante was in haar studievertrek.

Agnes legde haar hand op de knop van de kelderdeur. Vreemd... Ze wist dat ze de deurknop omdraaide, maar ze voelde het niet. Doodstil ging de deur open. Er lag een houten trap achter. Drie treden. Dan een stenen overloop met een deur. Daarna een heleboel treden omlaag, die in een scherpe bocht verdwenen.

Agnes zette haar voet op de bovenste tree. Ze wist dat ze op hout stond. Oud, versleten hout. Er staken knoesten uit, maar ze voelde het niet. Ze hoorde ook haar nachtpon niet ruisen toen ze de trap af ging.

De kelder lag diep onder de boerderij. Hij leek op een kamer in een grot. In de uitgehakte deuropening bleef ze staan en keek rond. Tante Magdalena was er niet.

In het midden van de kelder stond een grote tafel vol boeken, schriften portretten en omgekrulde foto's.

Langs de ruwe, rotsachtige wanden stonden hoge kasten vol stokoude boeken. Sommige hingen half uit elkaar. Andere hadden groen uitgeslagen ruggen.

Agnes liep naar de grote tafel. Nog steeds was alles doodstil. Alsof iemand de knop van het geluid had omgedraaid.

Ze bekeek de portretten. Strenge ouderwetse dames staarden terug. Ze leken allemaal op elkaar en Agnes begreep dat ze familie van elkaar waren.

Dit is mijn familie, dacht ze. Dit zijn mijn tantes, oma's en

overgrootmoeders. Ze herkende nu de ogen en de stompe neus waar ze in de spiegel altijd naar keek. Waarom hadden haar ouders deze portretten niet in huis gewild? Koninginnen zaten er niet tussen, dus daar hadden ze niet geheimzinnig over hoeven doen. Toen zag ze nog iets. Alle vrouwen droegen een ketting met een hangertje. Een steen was het, zo groot als een stuiter. Op een portret dat met waterverf was ingekleurd, zag ze dat hij groen was met rode adertjes. Agnes voelde opeens een jaloerse steek. Ze wilde deze steen om haar hals hebben.

Het kostte haar moeite het portret weg te leggen.

Aan het hoofdeinde van de tafel stond een grote eikehouten stoel. Er lag een opengeslagen schrift met een zwart kartonnen kaft voor. Het bovenste deel van het schriftblaadje was met balpen beschreven. Een ouderwets handschrift, keurig rechtop.

Het onderste deel was door iemand anders geschreven. Zwierige krullen; dikke en dunne strepen en bochten en inktspetters waar de kroontjespen gelekt had.

Wilde vader roepen met de klimmende spreuk. Hij verscheen als zwarte geest. Kon hem geen lichaam geven. Het vuur heeft hem te veel verbrand. Moet een andere manier zoeken om zijn kennis te bezitten, las Agnes.

Tussen de volgeschreven regels stonden tekeningetjes. Rare sterren en cirkels met lijnen er doorheen. Midden op de bladzijde was een steen getekend. Een groene steen met rode adertjes. Agnes herkende hem direct. Dit was het hangertje van de portretten. Er stonden letters omheen. Agnes probeerde ze te lezen, maar ze herkende niet één woord.

24

Ze sloeg een bladzij om en zag twee tekeningen met woorden ernaast. De ene tekening was een slang die omhoog kronkelende. De andere was een omlaag kronkelende slang. Uit de letters naast de omhoog kronkelende slang kon ze opeens twee woorden opmaken: Vermiis en Karoth. De woorden maakten haar bang, maar ze bleef doorlezen. Haar lippen bewogen mee met wat ze las en ze wist dat ze de woorden mompelde, al kon ze zichzelf niet verstaan.

Toch gebeurde er iets terwijl ze de woorden bij de omhoog kronkelende slang las. Ver weg, voorbij de muren van de kelder, misschien wel voorbij de nacht en de sterren, hoorde iets de woorden. Het werd wakker, opende zijn onzichtbare ogen en keek naar haar.

Agnes keek snel naar de tekening van de omlaag kronkelende slang. De woorden naast dit tekeningetje zagen er vriendelijk uit. Ze las ze hardop, maar alweer zonder geluid. De starende ogen van ver, ver weg gingen dicht.

Agnes huiverde van opluchting. De woorden naast de omhoog kronkelende slang hadden iets wakker gemaakt dat gelukkig weer was gaan slapen.

Het was nog steeds doodstil toen ze de trap op rende.

In bed, veilig onder de warme deken, staarde ze naar de sterren door de dakraampjes. Zonder het te willen herhaalde ze de woorden naast de klimmende slang. Het leek of de stralende puntjes naar elkaar toe kropen en een gezicht werden dat haar aankeek.

Agnes ging op haar zij liggen. Ze kneep haar ogen stijf dicht en probeerde zichzelf te kalmeren door aan de woorden naast de dalende slang te denken. De sterren dansten achter haar gesloten oogleden en doofden heel langzaam uit. Toen zakte ze in een put van diep duister.

6. Gijs

Het was negen uur. Agnes werd wakker van de zon die helder door de dakramen scheen.

Even wist ze niet waar ze was. In Utrecht? Nee. In een kelder? Nee. Ze logeerde in een vreemd huis.

Ik ben mijn bed uit geweest dacht ze. Ik ben in de kelder geweest en ik heb portretten van mijn familie gezien. Er zaten geen koningen of koninginnen tussen.

Ze herinnerde zich ook dat ze in een schrift had gelezen, maar wat er daarna was gebeurd, bleef wazig.

En ik wil weg, dacht ze, terwijl ze opstond. Ik weet nu dat er niets bijzonders aan mijn familie is. Ik wil weer lekker naar Utrecht.

Ze waste zich met ijskoud water in de badkamer op de overloop, maar wakker werd ze er niet echt van. Haar hoofd voelde als een steen.

Ergens in huis klonken stemmen. Ze liep naar de keuken. Tante Magdalena zat aan de keukentafel. Ze was in gesprek met een man in grijs kostuum.

'Ah, daar is ze al. Dit is Agnes, mijn achternichtje,' zei ze, toen ze Agnes zag.

'Dokter Phillips is van de Vereniging Oud-Limburg. Ze willen de boerderij van me kopen, maar verkopen doe ik natuurlijk niet.'

Dokter Phillips gaf Agnes een hand.

'Gijs, de zoon van de dokter is buiten,' zei tante Magdalena. 'Ga maar even goeiendag zeggen. Hij is van jouw leeftijd.'

Agnes knikte en liep naar de buitendeur. Ze had tante Magdalena allerlei vragen te stellen, maar ze begreep dat ze geen antwoord zou krijgen zolang er visite was.

Gijs was inderdaad van haar leeftijd. Een blonde jongen met een bleek gezicht. Hij zat op zijn hurken langs de kant van de weg en mikte knikkers in een kuiltje.

Ze bleef hem op een afstandje aankijken.

'Hoi,' zei Gijs toen. 'Doe je mee?'

'Ik heb geen knikkers.'

'Je mag er wel een paar van mij. Wie de stuiter in het putje raakt, heeft gewonnen.'

De stuiter in het putje was blauw met geel. Prachtig, glimmend nieuw, een stralend sterretje in het kuiltje.

Ze speelden zwijgend, tot Agnes haar vier knikkers kwijt was. Ze had de stuiter bij lange na niet geraakt.

'Is jouw vader echt dokter?' vroeg ze, toen ze de laatste knikker gegooid had.

'Huisarts.'

Gijs verzamelde zijn knikkers en poetste de stuiter op. 'Dit is een zeldzame. Niemand in het dorp heeft er een. Ik ben blij dat jij niet goed kunt knikkeren.'

Agnes deed of ze het niet hoorde. 'En wat is de Vereniging Oud-Limburg?'

'Die verzamelt alles over Limburg van vroeger. Boeken, platen en foto's en zo. Ze proberen ook oude gebouwen te redden. Dat niet alles wat oud is gesloopt wordt. Mijn vader is voorzitter.'

'Jij praat helemaal niet Limburgs,' zei Agnes.

'We komen uit Nieuwegein. We wonen hier pas vijf jaar.

Maar ik kán wel Limburgs hoor.'

'Hé, ik woon al twee jaar in Utrecht.'

Het ijs was gebroken. Ze liepen een rondje om de boerderij terwijl ze praatten over straten en pleinen in Utrecht die ze allebei kenden.

'Als je tante de boerderij niet verkoopt, is hij later voor jou,' zei Gijs, toen ze bij het moestuintje stonden. 'Ik zou het bloedspannend vinden om hier te wonen. Maar wel eng...'

'Waarom?'

'Heb je de verhalen over Annechien en de boerderij dan nog niet gehoord? Het spookt hier.'

'Ik ben hier pas een dag.'

Gijs liep de schuur in. Ze gingen op de rand van een stenen waterbak zitten.

'Mijn vader weet zo'n beetje alles over het dorp. Daarom is hij ook lid van Oud-Limburg. Er zijn hier vroeger griezelige dingen gebeurd. Maar als jij een nicht van mevrouw Peschier bent, is Annechien de heks familie van je. Hoe komt het dan dat je niets van haar af weet?'

'Mijn ouders zijn dood,' zei Agnes. 'Ik woon eigenlijk in een tehuis en ik weet niets van mijn familie.'

Gijs keek ongemakkelijk naar zijn bungelende voeten. Een tijdje zwegen ze.

'Ga je het nog vertellen?' vroeg Agnes.

'Nou, het zit zó...'

Er verscheen een schaduw in de deuropening. 'Ah, hier ben je,' zei dokter Phillips. 'Ga je mee?'

'Hè, we hadden het net over Annechien. Pap, wil jij het verhaal niet vertellen?'

Dokter Phillips glimlachte en kwam de schuur in. 'Jij krijgt er geen genoeg van hè?'

Gijs schudde zijn hoofd. 'En Agnes heeft het nog nooit gehoord.'

De dokter ging tegenover hen op een muurtje zitten. 'Ik zal de korte versie vertellen, want we hebben vandaag nog meer te doen. Daarna heb ik een vraag aan jou, Agnes.'

Agnes knikte.

'Goed. Stel je voor, Limburg driehonderd jaar geleden. Er woonden niet veel mensen in dit deel van het land. Er waren glooiende heuvels met hier en daar een dorp en de boerderijen lagen eenzaam tussen de akkers. Door die eenzaamheid en de armoede die er heerste, geloofden veel mensen in bovenaardse krachten. Ze vertelden elkaar verhalen over hekserij en oude godsdiensten van lang, lang geleden. In afgelegen huizen woonden mensen die zich bezighielden met het oproepen van die oude goden. Er waren mensen die de duivel aanbaden en mensen die verboden kennis bezaten over geheime krachten ver voorbij de sterren. Er gebeurden er vreemde dingen in deze streek. Vee werd plotseling ziek, of gaf opeens juist heel veel melk. Bij de één mislukte een oogst die bij de ander opvallend veel opbracht. Hekserij en tovenarij, wist iedereen.

Een van de meest gevreesde heksen woonde hier, in de Mergelland Hoeve. Annechien heette ze en ze was stokoud. Ooit was ze uit Duitsland gekomen en met een Vos van Giesberger getrouwd, maar haar man was al lang overleden. Hoe oud Annechien was, wist niemand. In het dorp zeiden de mensen dat Annechien het eeuwige leven had.'

31

Agnes fronste haar wenkbrauwen. 'Kan dat dan?'

'Ik heb wat boeken over hekserij gelezen,' zei dokter Phillips. 'Veel heksen zochten naar de manier om eeuwig te leven. Annechien deed dat blijkbaar ook. Ze was in elk geval ontzettend oud, dus misschien had ze wel een manier gevonden om nooit dood te hoeven gaan.'

Hadden mijn vader en moeder die manier ook maar gehad, dacht Agnes. Dan was ik nu gewoon thuis. Het was onzin natuurlijk, maar het verhaal van de dokter zette haar fantasie aan het werk.

'Hoe dan ook,' zei dokter Phillips, 'er gebeurden rare dingen in deze hoeve. Vee verdween op de nachten dat heksen bij elkaar kwamen. Merkwaardig licht straalde 's nachts uit de ramen en soms kon je bij onweer vreemde, bulderende stemmen horen. In Oudenaarde waren ze doodsbang voor Annechien.'

Dokter Phillips glimlachte, maar Agnes dacht aan de afgelopen nacht. Ze herinnerde zich de onmenselijke blik die naar haar gekeken had. De woorden van de klimmende en dalende slang klonken in haar hoofd.

'Er werden steeds meer vreselijke verhalen over Annechien verteld en toen er op een nacht een meisje uit het dorp verdween, besloten de dorpelingen dat ze de hekserij moesten stoppen. Ze trokken op naar de hoeve en namen de oude vrouw gevangen. Daarna doorzochten ze de boerderij, maar het meisje vonden ze niet.

Er werd gefluisterd dat er in de boerderij een toegang was tot een van de mergelgrotten die je hier veel hebt, maar niemand kon iets vinden. Ik denk ook niet dat die toegang er wás.

Anders zou Annechien zich wel in die grot verborgen hebben. In elk geval, ze werd naar Maastricht gebracht en daar verhoord.

Driehonderd jaar geleden werd je bij een verhoor op de pijnbank gelegd. Je werd net zo lang gepijnigd tot je bekende. Annechien bekende dus. Ze vertelde alles wat haar ondervragers wilden weten. Over geheime bijeenkomsten met de zwarte man, de duivel. Over bijeenkomsten bij een altaar diep in de bossen. Op dat altaar was dat verdwenen meisje geofferd. Annechien vertelde dat ze haar naam in het boek van de zwarte man had geschreven en dus haar ziel aan de duivel had verkocht. Ze vertelde ook over reizen die ze naar de sterren zou maken. Daar wilde ze dansen met de oude goden.

Toen wilden de ondervragers ook nog weten of ze het eeuwige leven had. Annechien vertelde dat ze een manier had gevonden om nooit dood te hoeven gaan. Ze zou altijd weer op aarde terug kunnen komen om haar werk af te maken, zei ze.

Uiteindelijk zou Annechien op de brandstapel worden gezet, maar dat is er nooit van gekomen. Op een ochtend was ze verdwenen uit haar cel. De mensen zeiden dat ze naar de sterren was gevlucht.

In Oudenaarde zijn ze altijd bang gebleven voor deze hoeve omdat ze dachten dat Annechien op een dag zou terugkomen om wraak te nemen. Dat is het verhaal in het kort.'

Gijs zuchtte. 'Spannend hè?'

Agnes knikte.

'En nu mijn vraag aan jou, Agnes. Je tante is oud, dat weet je.

Oude mensen kunnen soms vreemd doen. Ze zijn afwezig en vergeetachtig en kunnen een gevaar voor zichzelf worden. Ik wil heel graag dat jij me op de hoogte houdt van hoe het met je tante gaat. Bel me op als je denkt dat het nodig is. Mocht ze hulp nodig hebben, dan sta ik voor je klaar. Wil je dat doen?'

Agnes beloofde het en kreeg een kaartje met het telefoonnummer van de dokter.

'Ook bij kleine dingetjes bellen. Goed? Ik heb liever dat je tien keer voor niets alarm slaat dan dat je één keer te laat bent.'

'Koop je ook knikkers?' vroeg Gijs, toen ze de schuur uit liepen. 'Kunnen we een keer écht spelen.'

Agnes beloofde het. 'En dan win ik die stuiter van je.'

7. Oudenaarde

Toen dokter Phillips en Gijs vertrokken waren, slenterde Agnes terug naar de keuken. Tante Magdalena zat aan de tafel en keek peinzend voor zich uit. Ze zag er oud en moe uit.

Eenennegentig, dacht Agnes. Als je zo oud bent, word je natuurlijk moe van alles. Ze had honger, maar durfde niet om eten te vragen. 'Zal ik thee zetten en een boterham smeren?' zei ze daarom.

Het leek of tante Magdalena langs Agnes heen keek naar een plek die alleen zij kon zien. 'Je had niet moeten komen,' zei ze.

'Maar u hebt me zelf uitgenodigd.'

'Het huis, de hoeve heeft de familie nodig,' zei tante Magdalena dromerig. De rode glans kwam in haar ogen. 'De hoeve kan niet zonder ons. Een van ons moet altijd hier zijn om te zorgen dat...' haar stem zakte weg.

Agnes dacht aan wat dokter Phillips had gezegd. Was dit zo'n rare bui? Laat ik maar aardig zijn, nam ze zich voor. Over een paar dagen zeg ik dat ik heimwee heb en dan ga ik fijn terug naar Utrecht.

'Waar ligt brood?' vroeg ze.

Tante Magdalena keek op. 'Ach ja, kindje, jij moet natuurlijk iets eten. Ik zal pap voor je maken. Op boerderijen wordt altijd stevig ontbeten, dat hoort bij het boerenleven. Havermout geeft een goede bodem voor een dag hard werken. Ik heb al gegeten, ik sta meestal rond zessen al op.'

Ze liep naar de grote keukenkast met glazen deuren. Toen ze een pak havermout van de plank pakte, klonk er gescharrel en een opgewonden gekwetter en iets grijs schoot haastig weg.

'Muizen,' zei tante Magdalena. 'Die horen ook op de boerderij.'

Agnes keek met grote ogen naar de hoek naast de kast, waar het grijze diertje verdwenen was. Vreemd, dacht ze. Vogels en andere dieren zijn hier niet te vinden, alleen ongedierte.

'Ik moet weer gaan strooien,' zei tante Magdalena. 'Ik heb vergiftigde havervlokken gekocht. De drogist in Houthem zei dat ze prima werken.'

Misschien, dacht Agnes, misschien blijven de vogels daarom uit de buurt van het erf. Ze weten dat ze de kans lopen giftige haver te eten.

Even later at ze met lange tanden een bord havermout. Tante Magdalena keek afwezig toe.

'Dokter Phillips heeft me helemaal uit mijn doen gebracht,' zei ze. 'Die man zeurt nu al maanden over de hoeve. Je zou bijna denken dat hij er zelf in wil wonen.' De rode gloed verscheen weer in haar ogen. 'Als hij maar niet denkt dat hij ons hier ooit weg krijgt. Driehonderd jaar wonen wij hier al.'

Dat klopt niet, dacht Agnes. Het was driehonderd jaar geleden dat de heks Annechien op de hoeve woonde.

Hè, hou op, zei ze tegen zichzelf. Heksen bestaan niet.

Eigenlijk wilde ze tante Magdalena vertellen wat ze vannacht gezien had. Ze wilde vragen stellen over Annechien, maar ze deed het niet. Ze at haar pap zwijgend op. Tante Magdalena zat aan tafel, met een wazige blik. Ze was ver, ver weg met haar gedachten. Misschien wel driehonderd jaar ver, of nog verder dan de sterren.

Agnes stond op en zette haar bordje op het aanrecht. Haar beweging haalde tante Magdalena uit haar overpeinzingen. 'Ga je mee naar het dorp? Ik moet inkopen doen.'

Ze gingen op de fiets naar Oudenaarde. Tante Magdalena op een roestige opoefiets, Agnes op een kinderfiets die blijkbaar speciaal voor haar gekocht was. Ze reden langzaam. Tante Magdalena slingerde af en toe gevaarlijk over de oneffen weg. In de bomen zongen vogels.

Oudenaarde was een klein dorp, een centrum met een kerk en winkels in de kom van een licht glooiende heuvel. Agnes dacht aan een vakantie in Frankrijk, lang geleden, toen haar ouders nog leefden. Oudenaarde was net zo slaperig en vriendelijk als de dorpjes waar ze toen geweest waren.

Maar schijn bedroog. Oudenaarde was niet vriendelijk. Mensen op straat keken hen met strakke gezichten na toen ze het dorp binnen reden. Terwijl ze hun fiets op het pleintje voor de kerk stalden, hoorde Agnes dreigend gemompel. Ze kon het Limburgse dialect niet verstaan, maar ze begreep dat er over hen gepraat werd.

Een oude man op een bankje maakte een vreemd gebaar naar tante Magdalena. Hij wees naar haar met een gestrekte pink en wijsvinger en kneep er één oog bij dicht. Tante Magdalena leek niets te merken. Ook niet van de onvriendelijke manier waarop ze in de winkels geholpen werden. De bakker smeet het brood bijna op de toonbank. De groenteboer liet mensen voorgaan die na hen binnen kwamen Een caissière in de

37

supermarkt deed haar kassa dicht toen ze aan de beurt waren. Toen ze met een tas vol boodschappen bij de fietsen terugkwamen, had iemand hun banden laten leeglopen. Met het pompje van haar fiets pompte Agnes de banden op. Tante Magdalena wachtte op het bankje, dat nu verlaten was. Agnes zag dat er niemand meer buiten was. De luiken van de huizen waren gesloten. Het leek of er onweer dreigde en iedereen naar binnen was gevlucht.

Tante Magdalena zag haar vragende blik en glimlachte zuinig. 'Dorpelingen. Ze denken dat ze weten wat er gaande is. Daarom willen ze niets met me te maken hebben.'

'Wat is er dan gaande?' vroeg Agnes. 'Dokter Phillips vertelde over Annechien de heks en de taxichauffeur die me heeft gebracht, had het er ook al over. Maar ik geloof niet in heksen, hoor.'

'Dokter Phillips weet misschien veel van Oud-Limburg,' zei tante Magdalena. 'En hij dénkt dat hij veel over onze familie weet, maar hij heeft geen idee. Geen idéé.'

Ze stapten op en reden zwijgend het dorp uit.

Vergeten knikkers te kopen, dacht Agnes. Stom. Maar ze durfde niet te vragen of ze terug konden.

'Wilt u me alles vertellen?' vroeg ze na een poosje.

'Te zijner tijd. Te zijner tijd.'

Toen ze de boodschappen hadden uitgepakt, kondigde tante Magdalena aan dat ze een uurtje in haar werkvertrek ging studeren. 'Ik heb uit oude registers heel interessante feiten over een van onze overgrootmoeders opgedoken. Ze leek volgens de familie sprekend op Annechien en is heel merkwaardig aan haar einde gekomen. Ze...' Ze sloot haar mond, alsof

38

iemand er een onzichtbare hand op legde. De geschrokken, hulpeloze blik kwam terug. Het rood glom even in haar ogen. 'Ga jij lekker een eindje fietsen,' zei ze toen haar ogen weer gewoon bruin waren. 'Verken de omgeving maar een beetje. Zorg alleen dat je niet te ver weg gaat en blijf uit de buurt van het bos. Je kunt daar makkelijk verdwalen.'

Agnes liep met haar mee naar de deur van de kelder. Tante Magdalena deed de deur op een kier en glipte naar binnen.

Toen de kelderdeur dicht was liep Agnes naar buiten, naar het armetierige kruidentuintje. Het bos lokte haar, maar het waarschuwde ook. 'Kom hier', 'Nee pas op!'

Agnes liep naar de bosrand en tuurde naar de wirwar van struiken, stammen en takken. Het groen was blauwachtig beschimmeld en de boombladeren waren ongezond groot.

Er hing een geur van verrotting om het bos. De struiken bloeiden niet. Er stonden geen bloemen tussen het hoge gras. Ook dieren leken hier niet te leven. Geen vogels, geen vlinders, geen mieren.

Agnes liet zich er niet door afschrikken. Ze liep langs de bosrand tot ze een plek vond waar de bomen ver genoeg uit elkaar stonden om haar door te laten.

8. De heksensteen

Het was warm in het bos. De geur van bederf hing vettig tussen de bladeren. De boomstammen leken te dik en de wirwar van braamstruiken met grote stekels had te grote vruchten. Het onkruid schoot hoog tussen de bomen op. Agnes had pas een paar meter gelopen, maar het leek nu al of ze kilometers van de bewoonde wereld was. Ze aarzelde om verder te gaan. Het gevoel dat ze verboden gebied betrad werd steeds sterker. Er was geen spoortje blauwe lucht te zien. De boomkruinen waren een hoog plafond, waar geen vogel doorheen kon. De stilte en de zoete ongezonde geur begonnen op haar schouders te drukken. Het leek of iedere stap meer moeite kostte.
Plotseling zag ze de stoffige lichtbanen van de zon door de bladeren. Ze baande zich een weg door de struiken en kwam op de open plek. Het was een perfecte cirkel, met in het midden een stapel keien. Vanaf de rand van de open plek bekeek Agnes de stenen. Ze durfde geen stap dichterbij te doen, want het leek of de somberheid van het bos uit deze keien kwam. Agnes zag dat ze niet zomaar op een hoop lagen, maar zorgvuldig waren opgestapeld. Een grote witte kei lag in het midden als een reusachtig ei in een stenen nest. De kleine keien waren grijs en bemost, maar de witte kei was smetteloos, op een donkerbruine vlek na. Hij straalde boosaardigheid uit. Het was alsof hij leefde en haar ieder moment kon aanvallen. Dit was een verboden plek. Dit was écht een plek waar niemand mocht komen. Hier waren vreselijke dingen gebeurd en de herinnering aan die gruweldaden hing als een waar-

schuwing in de lucht.

Agnes was plotseling bang dat ze nooit meer bij de hoeve zou komen. Het bos zou haar niet meer laten gaan. Ze voelde dat haar spieren zich spanden, maar ze durfde niet te bewegen.

De witte kei hield haar blik vast. Ze moest ernaar blijven kijken. Heel ver weg leek ze fluitmuziek te horen, maar dat was verbeelding. Geen geluid drong tot deze open plek door.

Plotseling ritselden er bladeren. Haar adem bleef in haar keel steken, maar het volgende moment slaakte ze een opgeluchte gil.

Ze wist niet wat ze verwacht had te zien. Een monsterlijke verschijning misschien. Een wezen dat niet in het daglicht thuishoorde. Iets uit een nachtmerrie. Het was Gijs. Ze keken elkaar even schaapachtig aan. Gijs was blijkbaar ook geschrokken.

'Wat doe jij hier?' vroeg hij, terwijl hij naar de steenhoop liep en op de witte kei ging zitten.

'Niet doen! Raak hem niet aan! Je weet niet wat je wakker maakt als je de steen aanraakt!' Agnes wilde schreeuwen, maar haar keel gaf geen geluid.

Gijs zat op de steen en keek haar vragend aan. Er gebeurde niets. Agnes slikte en deed een stap naar voren. 'Ik verken de omgeving,' zei ze.

'Dan ben je op de goeie plek gekomen. Dit is de heksensteen. Het meest verboden stuk van het bos.'

Agnes knikte. Ze had dus gelijk gehad.

Gijs klopte op de witte steen. 'Dit is het heksenaltaar.'

'Kom eraf,' zei Agnes. 'Ik vind het hier griezelig. Dit hele bos is griezelig en die steen deugt niet.'

Gijs liep naar haar toe.

'Dat klopt, die steen deugt niet. Daar ben je snel achter. In het dorp zeiden ze al zoiets.'

Nu keek Agnes verbaasd.

'Je bent in het dorp geweest, heb ik gehoord. Dan moet je gemerkt hebben dat de mensen niet echt vriendelijk waren.'

'Ja,' zei Agnes.

'En dat is niet omdat jij een nieuweling bent. Er wordt gepraat in het dorp. Hebben jullie vannacht takken verbrand, of huisvuil?'

'Nee,' zei Agnes verbaasd.

'O. Er is licht gezien bij de boerderij. Fel rood licht. De mensen in het dorp hadden het er over. Daarom zijn ze zo onvriendelijk tegen jou en je tante. Het licht deugde niet, zeggen ze.'

'Ik sliep,' zei Agnes. 'Ik weet van niets.'

'Hmm,' zei Gijs. 'Nou ja, het zijn ook maar praatjes van de oude mensen. Maar iedereen neemt het zekere voor het onzekere. Het is bijna midzomernacht.' Hij zweeg veelbetekenend, maar Agnes had geen flauw idee wat hij bedoelde.

'Nou en?'

Gijs trok een gezicht. 'Weet je dan helemáál niks van heksen en zo?'

'Nee, eigenlijk niet.'

'Ik wel, uit de boeken van mijn vader. Hij vindt het niet goed dat ik erin snuffel. Hij zegt dat er dingen in staan die mij niet aangaan. Maar ik wil alles weten over de heksen hier, dus ik doe het toch. Daarom weet ik ook dat dit een heksenaltaar is.

43

Ik heb er weken naar gezocht, want iedereen doet heel geheimzinnig over de juiste plaats.' Hij keek haar weer onderzoekend aan. 'Vreemd dat jij hem al na één dag vindt.'

Agnes haalde haar schouders op. 'Ik ben er gewoon zomaar naartoe gelopen.'

'Dat bedoel ik nou.'

'Vertel dan over die heksen.'

'Goed.' Ze gingen in het gras zitten.

'Er zijn een paar nachten per jaar dat heksen bij elkaar komen bij hun altaren. Midzomernacht, eenentwintig juni, is er één van. Ze zweren dan opnieuw trouw aan de duivel en er worden kinderen geofferd.'

Agnes huiverde.

'Dit was de plek waar de heks Annechien met de duivel praatte en haar ziel verkocht in ruil voor eeuwig leven,' zei Gijs.

Ik geloof niet in heksen, dacht Agnes. Maar nu, op deze plek, wist ze het niet meer zo zeker. Ze had plotseling zin om iets leuks te doen. Een wedstrijdje hollen, of touwtjespringen. Het maakte niet uit, als het maar iets gewóóns was. Ze verlangde naar Utrecht, waar ze kon spelen met kinderen die niet van heksen en enge plekken in het bos hielden.

'Zullen we iets leuks doen?' vroeg ze.

'Luister nou even naar mijn verhaal,' zei Gijs. 'Het wordt nu pas spannend.'

Toen Annechien gevangen was, hebben ze haar hierheen gesleept. Ze moest op de witte steen de duivel afzweren, maar dat deed ze niet. Mijn vader heeft een dagboek van driehonderd jaar geleden. De schrijver zegt dat Annechien nog op deze plek gezien is toen ze uit de gevangenis was ontsnapt.'

'Ik wist niet dat jouw vader ook in heksen geloofde.'

Gijs haalde zijn schouders op. 'Hij verzamelt gewoon alles wat oud is. Dus ook dagboeken, omdat je erin kunt lezen hoe het hier vroeger was.'

Hij stond op. 'Weet je wat ik denk? Ik denk dat er een grotgang van de boerderij naar hier liep. Er zijn hier heel veel mergelgrotten en gangen. Ik heb hier al vaker gezocht, maar ik heb de ingang nooit gevonden.'

'Misschien is het wel gevaarlijk wat je doet,' zei Agnes. 'Misschien moet je sommige dingen met rust laten. Zolang ze slapen kunnen ze geen kwaad.' Ze wist zelf niet waar ze de wijsheid vandaan haalde.

Gijs haalde zijn schouders op. 'Ik vind dit gewoon spannend.'

'Ik niet,' zei Agnes. 'Laten we weggaan. Weet jij hoe we het bos uit moeten?'

'Tuurlijk.'

Ze staken de open plek over. Agnes keek nog even naar de bruine vlek op de witte steen. Volgens haar was dat opgedroogd bloed. Bloed van kinderen die hier geofferd waren. Ze draaide zich snel om.

'Ik zal je nog iets anders laten zien,' zei Gijs toen ze de open plek verlaten hadden. Langs iets wat een paadje leek, kwamen ze bij een tweede open plek. In de schaduw van de oude, knoestige bomen, stonden vervallen grafstenen. De gebeitelde namen waren begroeid met mos. Gras stond hoog rond de zerken. In de stilte van het bos leek het of deze plek al honderden jaren vergeten was.

Agnes rilde. Alweer voelde ze dat deze plek niet bedoeld was voor mensen.

Gijs hurkte bij een van de zerken. Met zijn vlakke hand veegde hij het mos weg. Stukje voor stukje kwam een naam te voorschijn. Agnes kon haar nieuwsgierigheid niet bedwingen. Ze ging naast hem staan en las de naam: Anna Vos van Giesberger, 1820-1881.

Gijs keek haar triomfantelijk aan. 'Dit is de begraafplaats van jullie familie,' zei hij. 'En weet je wat ik ontdekt heb? Er liggen hier alleen maar vrouwen.'

Hij veegde een andere steen schoon. 'Behalve de belangrijkste: Annechien. Het graf van de heks is er niet. Misschien is het dus wel waar wat ze over haar zeggen, dat ze weggevlucht is voorbij de sterren.'

Agnes keek naar de scheve zerken die als rotte tanden omhoog staken. Eén grafsteen zag er vrij nieuw uit. Er was hier een paar jaar geleden nog iemand begraven.

Agnes zag zichzelf plotseling liggen; dood, onder de grond, begraven in dit verboden bos.

'Nu wil ik echt weg,' zei ze.

Gijs hoorde dat ze het meende. 'Oké, wees maar niet bang. We zijn al haast aan de rand van het bos.'

Even later stonden ze op een landweg met akkers en weilanden. Het bos achter hen leek zich te sluiten als een zwaar groen gordijn. Agnes haalde opgelucht adem.

'Laten we iets leuks doen,' zei ze.

'Knikkeren?' stelde Gijs voor.

'Ik ben vergeten knikkers te kopen.'

'Stom. We kunnen wel naar het dorp gaan.'

Agnes schudde haar hoofd.

'Ik weet niet hoe laat we eten.'

'Hmm,' zei Gijs. 'Hé, weet je wat? Vanavond na het eten kan ik bij je komen. Dan koop ik knikkers voor je en doen we een paar potjes.'

'Da's goed,' zei Agnes. Ze diepte een vijfje uit haar broekzak op. 'Is dat genoeg?'

'Zat.'

Gijs haalde zijn fiets uit een greppel en nam haar achterop naar de Mergelland Hoeve.

'Zeven uur?' vroeg hij toen ze aan de rand van het erf stonden.

'Goed,' zei Agnes.

Ze keek hem na tot hij in een bocht van de weg verdween. Toen liep ze de boerderij in.

Tante Magdalena was niet in de keuken. Agnes liep naar de kelderdeur en klopte. Er kwam geen antwoord. Ze trok de kelderdeur open en bleef stomverbaasd staan.

Dit was niet de trap die ze vannacht gezien had. Ze zag een trappetje van maar drie treden en daarna een stenen overloop die was volgestouwd met rieten manden en koffers. Geen lange trap die naar een kelder diep onder de boerderij leidde.

Dan heb ik vannacht gedroomd! dacht ze. Ik heb gedroomd dat ik mijn bed uit ben geweest en een heel lange trap af liep. Dan was het gewoon een droom van die portretten en dat hangertje en dat schrift met die enge woorden. En die enge ogen van heel ver weg, dat was ook gedroomd. Ze zuchtte opgelucht.

Er is hier niks engs, dacht ze. Gijs is aardig en tante
Magdalena is alleen maar oud.
Toch bleef ze bij haar plan om zo snel het kon naar Utrecht
terug te gaan.

9. Portret van Annechien

Agnes liep de drie treden af en klopte op de kelderdeur. Het duurde even voor ze een gedempt 'Ja?' hoorde. Ze deed de deur open en liep naar binnen.

De kelder was volkomen anders dan in haar droom, al stonden er wel boekenkasten, een tafel met een hoge stoel en portretten. Familieportretten, begreep ze.

Tante Magdalena was opgestaan. 'Is het al etenstijd?' vroeg ze. 'Ik vergeet de tijd zo makkelijk als ik hier ben.'

Agnes schudde haar hoofd terwijl ze rondkeek. 'Ik wilde alleen zeggen dat ik veilig thuis ben gekomen. Niet verdwaald.'

'Mooi, mooi. Waar ben je geweest?'

'In het bos hier achter.'

Tante Magdalena verstrakte. 'In het bos? Had ik je niet verteld dat het daar gevaarlijk is?'

'Ja, maar ik kwam Gijs tegen, dus ik was veilig.'

Agnes liep naar twee portretten die op een lege boekenplank stonden. Het ene was een foto, het andere was een houtskooltekening. Het waren allebei vrouwengezichten.

'Wie zijn dit?'

'De foto is je overgrootmoeder, de tekening is je betovergrootmoeder. Ze heette ook Agnes.'

Betovergrootmoeder. Agnes glimlachte. Een betover-grootmoeder. Maar Annechien was natuurlijk de échte betovergrootmoeder. Ze zag dat deze overgrootmoeder geen hangertje met een steen droeg. Dat kan natuurlijk ook niet, dacht ze.

Die hanger heb ik gedroomd.

'En Annechien,' vroeg ze. 'Hebt u daar een portret van?'

Tante Magdalena knikte. Ze schoof stapels boeken opzij, bladerde, pakte een nieuw boek en zei toen: 'Hier. Het is een onduidelijk plaatje, maar het is het beste dat ik heb.'

Agnes bekeek het boek. Zweet barstte haar uit, alsof er een ballonnetje met water knapte. Op de tekening zag ze een oude vrouw in een soort grot. De tekening was vlekkerig, maar ze zag de vrouw net zo duidelijk alsof ze naar een foto keek. Een krom mens in een wijde jurk, lang haar en een brandend rode blik in haar ogen. Ogen die Agnes strak aankeken. Agnes klemde haar kaken op elkaar, want ze herkende het gezicht. Annechien, de heks die al driehonderd jaar dood was, leek op haar. Niet zomaar een beetje, nee, sprekend. Het was of Agnes naar zichzelf keek als ze later oud zou zijn.

Ver weg, voorbij de sterren, deed weer iets zijn ogen open en zocht naar haar.

Agnes wist even niet meer waar ze was. In de droom van vorige nacht, of in de echte wereld. Want ze herkende ook de plek waar Annechien stond. Het was de kelder van haar droom.

Klonk heel ver weg een zachte fluit die een vreemd lokkend melodietje speelde?

Tante Magdalena's hand op haar arm verbrak de betovering.

'Ik snap dat je verbaasd bent, maar alle Giesbergers lijken op elkaar. Vooral de grootmoeders en kleindochters leken als twee druppels water op elkaar. Het is dus niet zo vreemd dat jij op Annechien lijkt.'

Tante Magdalena sloeg het boek dicht. 'Daarom herkende ik

50

je gisteren direct toen je aanbelde. Kom, we gaan thee drinken.'

Agnes was blij dat ze de kelder uit kon.

Ze dronk thee zonder het te proeven.

Ben ik daarom bijzonder, dacht ze. Niet omdat ik een prinses ben, maar omdat ik op iemand lijk die al eeuwen dood is?

Toen ze haar thee op had, stelde ze de vraag die ze al lang had willen stellen. 'Was Annechien écht een heks?'

Tante Magdalena opende haar mond, maar gaf geen antwoord. Haar gezicht trok weer vol rimpels en haar lippen gingen op elkaar, alsof een onzichtbare hand ze dichtkneep. De rode gloed drong door haar bruine ogen heen. Het duurde niet meer dan twee tellen, toen was haar gezicht weer normaal. Ze keek Agnes aan met een hulpeloze blik.

'Over Annechien kan ik niets vertellen. Nog niet. Later.'

Agnes peinsde er niet over om verder te vragen.

Ze aten vroeg, omdat tante Magdalena dat bij het boerenleven vond horen.

Al om zes uur was de vaat gedaan en trok tante zich terug in de kelder. Agnes keek televisie in de zondagse kamer. Ze dacht aan thuis en probeerde een smoes te verzinnen. Iets dat beter was dan 'mijn tante doet zo vreemd' en 'ik heb niemand om mee te spelen.' Er wilde haar niets goeds te binnen schieten.

Een uurtje later kwam Gijs aanrijden.

'Geen knikkers,' zei hij, toen Agnes buiten was. 'Stom hè? We hebben de mijne in Houthem gekocht. Ik dacht dat ze ze hier ook wel hadden. Nu moeten we wachten tot mijn vader een keer naar Houthem gaat.' Hij gaf haar de munt van vijf terug. 'En dan krijg je ze van mij.'

Agnes glimlachte. 'Wat gaan we dan nu doen?'

'Kom maar mee, ik weet wel iets anders. Iets wat ze in Utrecht niet hebben.'

Ze fietsen naar een groepje bomen midden op een akker.

Ze slopen naar de bomen en keken naar een vogelnest dat kunstig verborgen was in een struik. En jonge vogel zat als een oud heertje in het nest. Bol van het dons, met een ver-schrompeld kopje en een veel te grote snavel.

'Een nest van nachtzwaluwen,' legde Gijs uit. 'Maar dit is een koekoeksjong. Het heeft de jonge nachtzwaluwen het nest uit gewerkt.'

'Wat zielig,' zei Agnes.

Ze keken toe hoe een van de nachtzwaluwen de koekoek kwam voeren.

'En de ouders maar sloven,' zei Gijs. 'Ze denken dat dit hun eigen jong is.'

'Zien ze het verschil dan niet?' vroeg Agnes.

'Nee. Dat is het slimme van koekoeken. Die laten anderen hun kinderen opvoeden.'

Ze bekeken de af- en aanvliegende zwaluwen.

'Ik heb een tekening van Annechien gezien,' zei Agnes. 'Ze had mijn oudere tweelingzus kunnen zijn.'

'Denk je nou dat je ook toverkracht hebt?' vroeg Gijs gretig.

Agnes haalde haar schouders op. Ze vertelde hem niet over haar vreemde droom van de kelder. Voor Gijs was het alle-maal te veel een spannend verhaal. Een boek dat je dicht kon slaan als het te eng werd.

Ze bleven bij het nest zitten en kletsten over van alles. Agnes kreeg het vakantiegevoel terug. Het was allemaal weer heel gewoon. Zomervakantie in Zuid-Limburg. Lekker laat opblijven en kletsen met een vakantievriendje. Boven hen twinkelden de eerste sterren.

'Zal ik morgenochtend weer komen?' vroeg Gijs, toen ze naar huis fietsten.

'Gezellig,' zei Agnes.

10. Nachtmerrie

Agnes sliep. Ze had een vreemde droom die leuk begon, maar steeds enger werd. Eerst droomde ze dat ze zweefde door een lucht vol gekleurde wolken. Ze voelde zich een vogeltje, vrij en zorgeloos.

Toen klonk van heel ver weg gefluit en begonnen de wolken te draaien. Ze slingerden zich om Agnes heen en hun kleuren werden dreigender. Van rood naar bruin naar zwart. Ze werd door een eindeloze tunnel gezogen. Steeds sneller, nergens heen, maar toch recht op een doel af.

Plotseling merkte ze dat ze niet alleen was. Ergens had iets zijn ogen opengedaan en bekeek haar aandachtig en boosaardig.

De fluitmuziek kwam dichterbij en het zwart scheurde open. Agnes voelde hoe ze op zachte grond landde.

Ze zag dat ze in een bos was. Het gras streek langs haar knieën terwijl ze onder reusachtige bomen liep. Hoog boven haar hingen bladeren die groter moesten zijn dan zijzelf. Zwart en grijs, met vreemde kartelranden en scherpe punten.

Toen werd de droom een echte nachtmerrie. Tussen twee enorme boomstammen door, zag ze de heksensteen. Er stond een oude vrouw aan de rand van de open plek. Ze droeg een wijde jurk die als een zak om haar kromme gestalte hing. Grijs haar sliertte om haar hoofd en verborg haar gezicht. Haar armen had ze over haar borst gekruist op een manier die geen gewoon mens kon nadoen. Agnes wist dat de vrouw haar aankeek, maar ze kon haar gezicht niet zien.

Plechtig strekte de oude vrouw haar rechterarm en wees naar de stapel stenen. Agnes volgde de beweging met haar ogen en zag een reusachtige zwarte man in een lange zwarte mantel. Op zijn inktzwarte hoofd had hij een hoed met een brede rand. Onder zijn arm droeg hij een dik oud boek.

De oude vrouw wenkte, maar Agnes kon geen stap doen. Roerloos keek ze naar het stenen altaar. Ergens voorbij de sterren keken twee onmenselijke ogen op haar neer.

De zwarte reus had het boek open gelegd op de bovenste steen. Hij wees ernaar met een afschuwelijke klauw.

Toen de kromme vrouw langzaam naar haar toe kwam, viel er een manestraal door het bladerdek en zag Agnes haar even haarscherp.

Ze wist dat ze gilde, maar ze kon haar eigen stem niet horen. Ze draaide zich om en begon te rennen. De blik van voorbij de sterren probeerde haar te dwingen stil te staan, maar Agnes' wil was sterker. Ze rende.

Ze rende tot ze plotseling de boerderij voor zich zag liggen. Ze holde over het erf, de boerderij in, de trap op en naar haar slaapkamer. Ze zakte neer op de rand van het bed en zo werd ze wakker.

Haar voeten waren ijskoud. Het kostte haar moeite onder de dekens te schuiven en zich uit te strekken. Ze was zo moe van het zittend dromen dat ze niet eens over de nachtmerrie wilde nadenken. Ze viel onmiddellijk weer in slaap.

Terwijl ze wegzakte, leek het schrille gefluit ergens onder haar vandaan te komen. Beneden viel iets om en tante Magdalena lachte merkwaardig schel. Agnes was al te suf om dat nog goed te horen. Ook het onweer dat even later losbarstte, hoorde ze niet. Net zomin als de bulderende stem uit de wolken.

De nachtmerrie kwam gelukkig niet terug.

De ochtendlucht was helder blauw. Agnes lag op haar rug en keek door de dakraampjes. Ze was klaar wakker, al leek het of ze maar heel even geslapen had.

Dat is níet zo, dacht ze. Ik heb juist heel lang geslapen en idioot gedroomd.

De herinnering aan de droom moest van ver komen. Ze zag alleen flitsen van hoge bomen en wolken met vreemde kleuren.

Ze glimlachte loom. Ik droom gewoon van alles wat hier nieuw voor me is, dacht ze. Tante Magdalena vertelde over de kelder en ik heb gedroomd dat ik er was. Gijs en zijn vader hebben over hekserij verteld en ik heb ervan gedroomd. Ze ging op haar zij liggen.

Als Gijs komt gaan we leuke dingen doen, dacht ze. Misschien kunnen we met zijn vader mee naar Houthem knikkers kopen. Of samen fietsen, dat is ook leuk.

De herinnering aan de droom werd iets scherper. Ze wist weer dat ze een oude vrouw had gezien.

Waarom was ik zo bang voor dat gezicht? vroeg ze zich af. De hele droom was raar, maar van dat gezicht schrok ik.

De nachtmerrie kwam langzaam boven. Ze zag het bos weer voor zich en de zwarte reus met het grote boek. Alles kwam voor haar ogen alsof ze het echt had beleefd. Ze dacht aan het wenken van de oude vrouw en een rilling kroop langs haar rug.

Ze zwaaide de deken weg en stapte uit bed om door het dakraampje naar de akkers en de weiden te kijken.

Toen zag ze dat er moddersporen op de lakens zaten. Roerloos keek ze naar het bed. Modder op de lakens, stukjes graspriet en iets dat mos moest zijn.

Langzaam gleed haar blik naar haar voeten. Ze waren vuil, alsof ze zonder schoenen buiten had gelopen.

Ik heb geslaapwandeld, dacht Agnes. Dat heb ik nog nooit gedaan. Ben ik echt in het bos geweest? Nee toch?

Ze wilde er niet verder over nadenken. Dromen waren bedrog, dus ze moest zich niet zo druk maken.

Ze liep naar de badkamer en waste haar voeten.

Toen ze weer in de gang stond, hoorde ze tante Magdalena roepen. Ze liep naar de slaapkamer achterin en deed de deur op een kier.

Het was aardedonker in de kamer, ze zag alleen de hoekige vorm van het bed.

'Kom maar niet binnen. Ik voel me niet lekker,' zei tante Magdalena gedempt. 'Ik heb de hele nacht boven de boeken gezeten. Ik blijf in bed. Kun jij voor je eigen ontbijt zorgen?'

'Moet ik de dokter bellen?'

'Nee, dat is niet nodig. Ik ben alleen moe van het studeren. Laat me maar slapen.'

Agnes sloot de deur zachtjes.

Diep in gedachten kleedde ze zich aan. Ze wilde de nachtmerrie wel vergeten, maar het lukte niet.

11. Vlucht uit de boerderij

Gijs kwam aanfietsen toen Agnes de ketel volpompte om thee voor tante Magdalena te zetten. Ze had zich voorgenomen dat ze dadelijk over haar dromen zou vertellen. Daarna ging ze vragen of ze naar huis mocht. Nachtmerries waren een goede reden om niet langer te blijven logeren.

Ze liet de ketel in de gootsteen staan en liep naar de deur. Gijs zette zijn fiets tegen de muur van de boerderij.

'Hoi,' zei Agnes. 'Heb je trek in thee?'

Gijs schudde zijn hoofd.

'Mijn tante is ziek, maar ze wil niet dat ik je vader bel.'

'Zeker een koutje opgelopen hè?'

Agnes keek hem verbaasd aan. 'Hoe kom je daar nou bij? Ze voelt zich niet lekker omdat ze de hele nacht heeft gestudeerd.'

'Oh. Er hing vannacht weer zo'n vreemd rood licht over de boerderij. Ik heb het zelf gezien. Ik werd wakker van het onweer en toen heb ik voor het raam staan kijken. Het hoosde van de regen. Daarom snapte ik niet hoe jullie nog vuur konden stoken.'

'Ik heb niets van onweer gemerkt,' zei Agnes. 'En dat vuur zal wel ergens anders gebrand hebben.'

Gijs keek om zich heen. 'Ja, het kan ook bij de heksensteen zijn geweest...'

'Kom je nog binnen?'

'Oké.'

In de keuken bleef Gijs staan en keek onderzoekend rond.

''t Is een gewone keuken...'

Agnes stak het fornuis aan. 'Tuurlijk.'

'Dat is helemaal niet zo natuurlijk. Hier heeft Annechien haar toverkunsten uitgevoerd.'

'En je zei dat ze dat in een grot onder de boerderij deed.'

'Ja maar toch... Weet jij dat een heleboel mensen uit het dorp hier niet binnen zouden durven?'

Agnes knikte. 'Er is wel iets raars met deze boerderij, dat klopt. Ik heb al twee keer heel idioot gedroomd.'

Ze kon haar mond niet meer houden. Het hele verhaal rolde er in één keer uit.

Gijs luisterde zonder iets te zeggen. Toen de ketel begon te fluiten draaide hij het vuur uit en liet haar verder vertellen.

'Maar ik weet nu in elk geval zeker dat het een droom was,' besloot Agnes. 'Ik kan nooit in de regen buiten zijn geweest.'

'Hmm.' Gijs' ogen begonnen te stralen. 'Weet je wat zou kunnen? Dat jij in je slaap de geheime grotgang naar de heksensteen hebt ontdekt. Laten we in de kelder gaan kijken. Misschien herinner je je dan weer iets.'

Agnes schudde haar hoofd. 'Ik weet niet of ik je in de kelder mag laten. Het is tante Magdalena's privé-vertrek.'

'Ze ligt toch in bed?'

'Ja, maar toch...'

Gijs liep de keuken uit. 'Doe niet zo bang. Het is toch niet erg om even te kíjken?'

Agnes zuchtte. 'Goed dan.'

Ze liepen naar de kelderdeur. Agnes deed hem open. Ze liepen de treden af. Naast elkaar bleven ze op de drempel van tante Magdalena's studievertrek staan.

De kelder zag er uit alsof er gevochten was. Boeken lagen op de grond, papieren waren overal heen gewaaierd, de stoel bij de tafel lag op zijn kop, alles wat op de tafel hoorde, was omgevallen of op de vloer gerold.

'Sjooh...' siste Gijs tussen zijn tanden. 'Is het hier altijd zo'n bende?'

Agnes liep naar de tafel. Voor de zitting van de hoge stoel lag een schrift met een zwart kartonnen kaft dat ze herkende. Ze wilde het oppakken, maar een plotselinge angstgolf hield haar tegen. Ze durfde niet in het schrift te kijken, want ze was opeens bang dat ze de tekeningen van de slangen zou zien en die griezelige woorden weer zou horen.

Gijs keek haar aan. 'Is er iets?'

'Dit schrift... daar heb ik van gedroomd! Hoe kan het hier nou in het echt liggen?'

Gijs haalde zijn schouders op. 'Het lijkt wel of er hier gevochten is.'

Agnes knikte. Wat was er afgelopen nacht gebeurd? Had tante Magdalena een of andere ziekte gekregen? Een hartaanval of zoiets?

'Ik moet even boven kijken,' zei ze.

Ze rende de kelder uit, de trap naar de slaapkamers op.

Gijs bleef achter in de kelder en hurkte bij het zwarte schrift dat Agnes niet had durven oppakken. Hij sloeg het open en begon te lezen.

Toen Agnes boven aan de trap stond, klonk er gestommel in haar tantes slaapkamer. De deur ging open en tante Magdalena verscheen op de drempel. Ze droeg een nachtjapon die als een zak om haar heen hing. Haar grijze haar was warrig, ongekamd en piekerig.

Agnes kreeg het op slag ijskoud. De gil die ze in haar droom niet had gehoord, rolde over haar lippen. Want nu zag ze het gezicht dat in haar droom verborgen was gebleven. Het was tante Magdalena geweest die bij de heksensteen had gestaan en haar gewenkt had. Tante Magdalena was de oude vrouw uit haar droom.

Agnes drukte zich tegen de trapleuning en staarde naar de deuropening. Tante Magdalena's ogen waren niet meer honingbruin. Ze waren vuurrood. Roodgloeiende knikkers in een verkreukt gezicht.

Agnes begon te trillen. Ze kon er niets aan doen, ze was doodsbang voor die ogen.

Tante Magdalena lachte snerpend.

'Zo, Agnes, daar ben je dan,' zei ze met een stem die niets zangerigs meer had. 'Wat ben ik blij dat je gekomen bent.'

Haar tante was gek geworden. Gevallen in de kelder, hoofd bezeerd en gek geworden.

Of ben ik gek, dacht Agnes. Hoe kan ik gedroomd hebben dat tante Magdalena bij de heksensteen stond? Of was het geen droom...

Ze moest iets zeggen om haar gedachten tot rust te brengen. 'Ik, ik dacht dat er iets met, dat u iets had...' hakkelde ze.

Tante Magdalena's ogen werden nog iets roder. 'Oh ja, zeker, nou en of...' Tante Magdalena giechelde. 'En laat me nu met rust!' bulderde ze plotseling. Haar stem donderde over de zolder. 'Ik moet studeren. Jou heb ik later pas nodig. Verdwijn!'

Agnes ging struikelend naar beneden terwijl de rode ogen

van haar tante in haar rug boorden.

Ze rende naar buiten. Het stille erf op, waar geen vogel floot en geen zuchtje wind de bomen liet bewegen.

Ze hoorde Gijs roepen, maar durfde niet te blijven staan. Pas toen ze pijn in haar zij begon te krijgen, stopte ze met rennen. Hijgend draaide ze zich om. De boerderij was verdwenen achter een bocht in de weg. Boven de akkers vlogen vogels en ze hoorde veraf gekwetter en het ruisen van bomen.

Gijs remde zó hard, dat het achterwiel van zijn fiets wegslipte.

'Wat was er in 's hemelsnaam aan de hand?' vroeg hij, terwijl hij van het zadel sprong. 'Wat was dat voor geluid? Ik dacht dat het onweerde bij heldere hemel!'

'Het was tante Magdalena!' hijgde Agnes. 'Die vrouw in mijn droom was mijn tante. In mijn droom kon ik haar gezicht niet zien, dat heb ik toch verteld?'

Gijs knikte.

'Maar daarnet zag ik het wel!'

'En je zei dat het een droom was?'

'Dat dácht ik. Dat wóu ik, maar nu weet ik het niet meer. Mijn tante is gek geworden. Ze heeft me in mijn slaap het bos in gelokt! Misschien denkt ze wel dat ze ook een heks is!'

Gijs keek haar stralend aan. Blijkbaar was het voor hem nog steeds alleen een spannend verhaal. 'Misschien denkt ze dat ze Annechien is. Weet je wat zou kunnen? Dat ze het tover-boek van Annechien heeft gevonden en ook heksenkunsten doet!'

Agnes schudde haar hoofd. 'Nee, ze is geen heks... daar geloof ik niets van.' Ze dacht aan de rode gloed in haar tantes

ogen. Hoe konden de ogen het ene moment lief en honingbruin zijn en daarna rood en boosaardig? Die rode ogen
waren van iemand anders. Iemand die in het lijf van haar
tante kroop.

Ze schudde haar hoofd nog een keer. Het was allemaal fantasie. Haar tante was gewoon oud en ziek.

'Ze heeft koorts of zo. We moeten je vader waarschuwen!'

'Hij heeft spreekuur tot twaalf uur, dus hij is thuis.'

'Ik durf mijn fiets niet uit de schuur te halen. Ik durf niet
alleen naar de boerderij terug.'

'Klim maar achterop,' zei Gijs.

Terwijl Gijs hen met gebogen rug over de glooiende weg
voorttrapte, zag Agnes haar tantes verschijning op de overloop weer voor zich.

Nee, dacht ze. Tante Magdalena is geen heks, het kán niet.

Het mág niet.

Gijs reed het grindpad van een spierwit huis op.

'We zijn er.'

De wachtkamer was leeg. Gijs liep naar de deur van de
spreekkamer, klopte en deed de deur op een kier.

'Kom maar,' zei hij tegen Agnes.

Dokter Phillips zat achter zijn bureau te schrijven.

'Is er iets gebeurd?' vroeg hij, toen hij Agnes zag. 'Kind, je
ziet spierwit.'

'Mijn tante. Ik denk dat er iets heel erg mis met haar is.'

De dokter stond op en pakte een koffertje. 'Wat is er
gebeurd?'

'Ik denk dat ze ziek is geworden, of getikt of...'

'Ik ga direct naar haar toe. Wachten jullie hier. Ik was al een

64

tijdje bang dat er iets zou gebeuren.'

'Kom mee naar de bibliotheek,' zei Gijs toen het geluid van zijn vaders auto was weggestorven.

12. Een oud dagboek

De bibliotheek was een kleine kamer met hoge boekenkasten langs alle muren. Licht kwam door een glazen koepel in het platte dak. In het midden stond een lage tafel met twee stoelen.

'Ga maar zitten,' zei Gijs. 'Ik moet even iets opzoeken dat ik je wil laten zien. Eigenlijk vindt mijn vader het niet goed dat ik tussen zijn boeken rommel, maar ja...'

Hij was bij een paar planken gaan zitten die waren volgestouwd met allerlei soorten paperassen. 'Dit is mijn vaders archief over Oudenaarde.'

Agnes luisterde niet.

Gijs trok een map uit de stapel en sloeg hem open.

'Moet je lezen. Dit is een schrift met een dagboek van meer dan honderd jaar geleden. Het is geschreven door een boer uit het dorp.' Hij legde de map met een oud opengeslagen schoolschrift op haar schoot.

De vergeelde en gescheurde bladzijden van het schrift waren volgeschreven met een kriebelig handschrift. Agnes bekeek de letters, maar wat er stond drong niet tot haar door.

'Lees nou, dit heeft met jouw droom te maken,' zei Gijs. Hij pakte de map van haar schoot. 'Ik zal het je voorlezen.

Vannacht werd ik wakker van onweer. De koeien waren onrustig. Het noodweer hing recht boven de Mergelland Hoeve. In het dorp was het droog, boven de hoeve stroomde de regen. Enorme bliksemflitsen. Er brandde iets bij de Hoeve. Een vreemd vuur met een rode gloed. Wie kan er met

zulk onweer een vuur aan het branden houden? Ik hoorde
twee enorme donderslagen. Het leek of het onweer praatte. Ik
kon twee woorden verstaan: Vermiis en Karoth.
De koeien raakten in paniek. Het klonk alsof er antwoord
kwam op het onweer. Antwoord uit de Hoeve.'

Hij keek haar triomfantelijk aan. Agnes keek niet begrijpend
terug. 'Dit is een dagboek uit 1880. En kijk, hier staat... hij
sloeg voorzichtig een bladzijde om. 'Hier staat: *Ik heb*
navraag gedaan. Meer mensen in het dorp hebben de woor-
den in het onweer gehoord. Oude Sjeng beweert dat zijn
vader dezelfde woorden vroeger al eens hoorde. Lang gele-
den, toen hij jong was.

Hij sloeg het schrift dicht. 'En die woorden stonden ook in
dat schrift dat in de kelder van je tante lag. Toen jij naar
boven ging, heb ik ze gelezen.'

Agnes knikte. Ze kende die woorden. Ze had ze zelf uitgesproken toen ze droomde dat ze in de kelder was.

'Die woorden stonden naast een slang die omhoog kronkelde,' zei ze. 'Maar de kelder waar wij geweest zijn, is heel
anders dan de kelder in mijn droom.'

'Hoe kan iemand honderd jaar geleden woorden hebben
gehoord die jij gisteren droomde?' vroeg Gijs triomfantelijk.
'Dat kan niet. Die woorden waren dus echt. Jij bent echt in
Annechiens geheime kelder geweest. Je hebt daar toverspreuken gelezen.'

'Ik snap er niets van,' zei Agnes verward.

'Ik wel. Het is zo duidelijk als wat. De verhalen over de boerderij kloppen. Er hangt nog steeds toverkracht. En omdat jij
familie van Annechien bent, ben je er gevoelig voor. Je dacht

68

dat je droomde, maar het was allemaal echt.'

'Nee,' zei Agnes. Ze wilde het niet geloven. Als Gijs gelijk had, was ze ook echt in het bos geweest. Dan had ze echt een zwarte man gezien en was haar tante wél een heks.

'Zou ik die toverspreuken hardop hebben gezegd?' vroeg Agnes.

'Volgens mij wel,' zei Gijs. 'Dat heb je me daarnet toch verteld? Je dacht dat je het droomde, maar het gebeurde echt. Jij zei de spreuk en toen kwam die rode gloed.'

'Nee,' zei Agnes. 'Dan zou ik ook een heks moeten zijn en dat ben ik niet.'

'Wie weet heeft de boerderij je betoverd,' zei Gijs verlekkerd. 'Maar ik zal je wel helpen hoor. Samen gaan we de heks verslaan.'

Het geluid van een auto klonk op het tuinpad. Gijs sloeg de map dicht en borg hem haastig op. Samen liepen ze naar de gang, waar dokter Phillips de voordeur opende.

'Is het goed met haar?' vroeg Agnes.

'Laten we naar mijn kamer gaan, dan zal ik je alles vertellen.'

'Tja,' zei dokter Phillips toen ze in de spreekkamer zaten. 'Ik weet niet wat ik ervan denken moet. Ik ben blij dat je me hebt gewaarschuwd.'

'Is het ernstig?' vroeg Agnes.

'Dat is moeilijk te zeggen. Je tante was erg geschrokken toen je zomaar wegrende, zei ze. Omdat ze de hele nacht op was geweest, zag ze er nogal slaperig en verward uit. Ze kon zich voorstellen dat een meisje van negen schrik van een oude dame met piekhaar en een gezicht als een dweil, zei ze.'

Agnes knikte. 'Dus er is niets aan de hand?'

Dokter Phillips vouwde zijn handen. 'Nee, er is wél iets aan de hand. Ik heb je tante niet kunnen onderzoeken, want ze wilde haar bed niet uit en de gordijnen moesten dicht blijven. Het licht was te fel voor haar ogen, zei ze. Het was zó donker in de kamer dat ik haar niet goed kon zien, maar haar stem klonk opgewekt. Griezelig opgewekt, zelfs. Ze praatte alsof ze iets had ontdekt en moeite had het voor zich te houden. Ze heeft me verteld dat ze vannacht iets heel bijzonders over jouw voorouders heeft ontdekt. Ze zou binnenkort de waarheid over de heks Annechien weten, vertelde ze. En daar maak ik me zorgen over. Ik vertrouw die opgewektheid niet.'

Hij zuchtte.

'Jij komt hier niet vandaan, jij bent niet besmet met alle verhalen over de Mergelland Hoeve. Ik zal je vertellen hoe het zit in jouw familie.

Je weet dat sommige ziekten erfelijk zijn. Sommige van die ziekten slaan steeds een stapje over. Moeder heeft het, haar dochter niet, maar haar kleindochter wel weer. Zoiets zit er ook in jouw familie. Ik heb het jaren geleden al eens uitgezocht. Waarschijnlijk heeft je voorouder Annechien een ziekte uit haar familie meegenomen. Geen griep of een allergie, maar een ziekte in haar hoofd. Die ziekte gaat sindsdien om en om over in de familie. Het verklaart waarom de mensen dachten dat Annechien een heks was. Ze gedroeg zich vreemd en vroeger werd daar al gauw hekserij achter gezocht. Het verklaart ook waarom die verhalen over Annechien nog steeds verteld worden. Om de zoveel jaar ging er weer een van jouw betovergrootmoeders raar doen. In

70

het dorp dachten ze onmiddellijk aan de heks van de hoeve. Snap je?'

'Dus mijn tante is een beetje getikt,' zei Agnes nuchter. 'Dan kan ik hier niet blijven. Dan moet ik terug naar Utrecht.'

Dokter Phillips zuchtte. 'Ik kan het mis hebben, natuurlijk. Het is best mogelijk dat je tante echt alleen maar moe was. We moeten het even aanzien. Daarom heb ik voor je geregeld dat je de komende dagen hier mag logeren.'

'Leuk!' zei Gijs. 'Mag ze op mijn kamer slapen?'

'Als jullie dat gezellig vinden. Je koffer staat in mijn auto. Ben je het ermee eens, Agnes?'

'Ja,' zei Agnes dankbaar. De gedachte aan haar tantes ogen ontnam haar alle moed om naar de boerderij terug te gaan.

13. Tweede nachtmerrie

Gijs' kamer was een echte jongenskamer. Zijn bed stond op palen, hij sliep bijna tegen het plafond. Agnes lag op een opklapbed aan de andere kant van de kamer.

In het donker hoorde ze Gijs' ademhaling, diep en rustig. Hij was in slaap gevallen op het moment dat het licht uitging. Terwijl ze naar Gijs luisterde, zakte ze weg in een droom. Pas toen ze bleef zakken, net als de vorige nacht, begreep ze dat er iets niet in orde was.

Ze opende haar ogen. Ben ik wakker, dacht ze, of dróóm ik dat ik wakker ben? Ze keek rond, maar zag alleen een aardedonkere ruimte met donkere voorwerpen. Even dacht ze dat Gijs ook wakker was, want ze voelde ogen op zich gericht. Maar de ogen waren te ver weg. Veel te ver weg. Ze keken naar haar van voorbij de sterren... Met een ruk kwam Agnes overeind.

Ze wilde hier niet aan denken. Ze hóefde er ook niet aan te denken, want ze was niet op de Mergelland Hoeve.

Er werd op de deur geklopt. Agnes kwam overeind. 'Ja?'

Ze had verwacht dat dokter Phillips zou binnenkomen, maar de deur bleef dicht. Er werd opnieuw geklopt.

Met tegenzin kwam Agnes uit bed en liep naar de deur.

Toen ze hem opendeed, wist ze zeker dat ze droomde. Dit moest een droom zijn, want ze stond helemaal aangekleed op de overloop in de Mergelland Hoeve.

Verstijfd keek Agnes naar de deur van tante Magdalena's slaapkamer.

De deur ging open en in een rode gloed verscheen tante Magdalena als de oude vrouw uit haar nachtmerrie. Een jurk die als een zak om haar heen hing. Piekhaar en die brandende rode ogen. Ze had haar handen op een onmogelijke manier over haar borst gekruist.

Roerloos zweefde ze op Agnes af. Ze greep haar schouder en sleurde haar mee.

Ze vlogen door een tunnel van zwarte wolken en kwamen terecht op de open plek in het bos. Het heksenaltaar werd beschenen door een vreemd licht dat niet van de maan kon komen.

In de schaduw van de bomen zag Agnes de reusachtige zwarte man. Hij strekte zijn hand en wees op de witte steen. Agnes keek en zag dat er een groen met rode steen aan een kettinkje op lag. Ze herkende het uit haar droom over de diepe kelder. Ze had het gezien op de portretten van haar voorouders. Het was het hangertje dat ze zelf graag had willen dragen. Groen, met rode adertjes, zo groot als een stuiter.

De zwarte man begon te praten. Zonder zijn lippen te bewegen, zonder zijn stem te gebruiken. Hij praatte rechtstreeks in haar hoofd.

De groenrode steen was het Oog van Karoth, vertelde hij. Karoth, de wachter van de oude goden die voorbij de sterren woonden. Lang geleden waren de oude goden van de aarde verdreven. Karoth had de roodgroene steen toen achtergelaten. Door de eeuwen heen was hij gedragen door de mensen die de oude goden wilden dienen. Nu was Agnes uitverkoren om het Oog te dragen. Net als haar betovergrootmoeder Annechien.

Op midzomernacht, als de sterren op hun juiste plek aan de hemel stonden, zou ze de aarde mogen verlaten om Karoth te halen.

De zwarte reus maakt een gebaar naar de oude vrouw.

Agnes zag de rode ogen en wist dat dit haar tante niet was. Een boze geest had haar tantes lijf in beslag genomen.

Tante Magdalena - of de boze geest die in haar lijf zat - pakte de hanger op. Met een boosaardige blik in die rode ogen grijnsde ze naar Agnes. Ze pakte de ketting en wilde hem over Agnes' hoofd laten zakken.

Opeens verscheurde een stem de stilte in het bos.

Uit de bemoste begraafplaats verderop, klonk een schreeuw. Gedempt, alsof hij onder de aarde vandaan kwam. Het was tante Magdalena die schreeuwde vanaf het kerkhof.

De kleur in de ogen van de heks veranderde. Het rood gloeide iets minder fel. Er kwam bruin doorheen. Om de strakke mond kwam de glimlach terug die Agnes van haar tante kende. Het was alsof de boze geest uit tante Magdalena's lichaam werd gewerkt. Haar handen spanden zich strak om de ketting. Toen wierp ze de hanger met een wild gebaar naar de zwarte reus, die in het niets oploste.

Agnes draaide zich om en holde weg. Net als de vorige nacht baande ze zich een weg tussen de bomen. Ze hoorde haar voeten op het mos, ze hoorde haar ademhaling.

Ver achter haar riep iemand klaaglijk. Agnes bleef rennen. Ze wist dat ze naar de overloop van de boerderij moest. Daar zou ze uit deze nachtmerrie kunnen stappen, terug naar het huis van dokter Phillips.

Maar toen ze het erf overstak en de deur van de boerderij

open gooide, wist ze dat de nachtmerrie nog lang niet afgelopen was.

Er hing een merkwaardige roodpaarse gloed over de boerderij, alsof hij onder een kaasstolp van licht stond.

De gloed stroomde in een wolk uit de open kelderdeur, zoals mist vanaf zee over het land kan rollen.

Het keldergat zag er uit als een poort naar de onderwereld. Terwijl Agnes roerloos toekeek werd het licht minder fel, kolkte langzamer en verdween. Een onweersslag klonk recht boven haar en het leek of ze een stem hoorde die de naam Karoth bulderde.

Terwijl de boerderij weer omringd werd door de nacht, begreep Agnes dat dit de gloed was die de mensen in Oudenaarde gezien hadden. Dit was geen nachtmerrie, dit was geen droom. Het was allemaal echt. Ze was klaar wakker.

Tante Magdalena strompelde het bos uit. Langzaam liep ze op Agnes af. Haar gezicht was vuil en er hingen stukjes schors en takjes in haar loshangende haar.

'Kom,' zei ze toonloos. 'Je hoeft niet bang te zijn. De geest van Annechien had me in haar bezit, maar dat is nu voorbij. Ik heb haar weggejaagd en de steen weggesmeten. De betovering is verbroken.'

Boven hen bulderde een onmenselijke stem de naam Karoth.

14. Uitleg

In de keuken luisterden Agnes en haar tante naar het weg-trekkende onweer. Toen de stilte van de nacht weer als een deken over de boerderij lag, wreef tante Magdalena vermoeid over haar gezicht en zei: 'Ik wilde je niet hierheen halen... maar ik kon de kracht niet weerstaan. Annechien had me in mijn macht.'

Ze zweeg en schudde haar hoofd. 'Als alles goed is, blijft Annechien weg. Het Oog ligt in het gras bij de heksensteen, het kan ons geen kwaad meer doen.'

'Wilt u me vertellen hoe ik in het bos terecht ben gekomen?' vroeg Agnes. 'Wilt u me...'

Tante Magdalena stond op. 'Ik zal je alles uitleggen. Daarna kun je me helpen Annechien voorgoed te verslaan.'

Ze begon te vertellen.

'Vijf jaar geleden kreeg ik een brief van de Vereniging Oud-Limburg. Er stond in dat ik een boerderij had geërfd en de Vereniging wilde hem van me kopen. Natuurlijk ging ik de boerderij onmiddellijk bekijken. Vanaf het moment dat ik de buitendeur opende, voelde ik dat er iets was dat op me wacht-te. Het was alsof het huis verlangde naar iemand van onze familie.

Van dokter Phillips hoorde ik de verhalen over de heks Annechien en ik besloot dat ik daar meer over wilde weten.

Het duurde een paar weken tot ik merkte dat iets in de kelder mijn aandacht trok. Ik werd erheen gelokt alsof ik geroepen werd.

's Nachts droomde ik van de kelder en op een nacht werd ik wakker in het gangetje. Ik had geslaapwandeld. Ik wist toen nog niet dat het de toverkracht van Annechien was die me riep. Ik besloot het gangetje te onderzoeken en vond een plek in de hoek waar de muur vreemd glad en warm aanvoelde. Het was de toegang tot...'

'De grotkelder,' zei Agnes. 'De grot die iedereen vroeger gezocht heeft. De grot die onder de kelder ligt. Annechiens werkplaats. Ik ben er ook geweest. Ik dacht dat het een droom was, maar de trap gaat dus echt verder omlaag.'

Tante Magdalena knikte. 'De dag dat jij kwam heb ik de dubbele wand verborgen achter een berg manden.' Ze glimlachte hulpeloos. 'Ik had kunnen weten dat zoiets simpels zinloos was. Annechiens toverkracht heeft je erheen gebracht.

In de grot onder de kelder vond ik de bewijzen waar de mensen van het dorp driehonderd jaar geleden naar zochten. Boeken over verschrikkelijke dingen. Het boek de Necronomicon van de waanzinnige Arabier Abdul Alhazred en boeken met titels die ik niet hardop durf uit te spreken. Ik vond ook Annechiens aantekeningen. Stukje bij beetje ontcijferde ik ze. Ik las hoe Annechien uit Duitsland vluchtte toen haar vader wegens hekserij werd verbrand. Ze was een tovenaarskind en nam geheime kennis mee over wat er voorbij de sterren ligt. Op zoek naar de macht van de oude goden, had Annechiens vader al bijna de weg voorbij de sterren gevonden. Ze hebben hem nog net op tijd op de brandstapel gezet.

Annechien trouwde met een van onze voorvaderen en zette haar vaders werk voort in de grot onder de boerderij. Ze sprak met Karoth, die wacht achter de sterren.'

'Karoth,' herhaalde Agnes schor.

'Karoth is de wachter van de oude goden die ooit over de aarde heersten. Ze zijn ouder dan de goden van Egypte en ouder dan Wodan. Ooit zijn ze van de aarde verdreven, maar ze proberen nog altijd terug te komen. Annechien vond de sleutel tot de weg voorbij de sterren.'

'Het Oog van Karoth,' zei Agnes toonloos.

'Ja. Die steen is de sleutel. Alle toverkracht zit erin verzameld. Het Oog wijst de weg. Eens in de driehonderd jaar staan de sterren in de juiste stand om Karoth op aarde te laten afdalen. Vlak voordat ze Karoth kon halen, werd Annechien gearresteerd en ze moest de kans voorbij laten gaan. Maar niet voorgoed. Ze ontsnapte uit de kerker en verschool zich in de grot tot haar lichaam stierf. Haar lichaam, zeg ik, níet haar geest. Die bleef wachten tot de sterren opnieuw de juiste stand zouden hebben.

Annechiens dochter kreeg het Oog van Karoth als erfstuk. Hij ging door de eeuwen heen over van moeder op kleindochter.

Intussen sliep de geest van Annechien in de grotkelder. Soms ontwaakte ze, als de sterren gunstig stonden. Dan nam ze bezit van de kleindochter die het Oog droeg en ging ze verder met haar toverwerk.'

'Zat Annechien dan in het lichaam van haar achterkleinkinderen?' vroeg Agnes.

'Ja. Het was haar manier om toch eeuwig te leven. Gelukkig waren de sterren nooit sterk genoeg om haar lang te laten blijven.'

'De ziekte,' zei Agnes. 'Dokter Phillips zei dat er een soort gekte heerst in onze familie.'

Tante Magdalena glimlachte vermoeid. 'Dokter Phillips denkt dat hij veel weet. Hij weet níets. De achterkleindochters en achter-achterkleindochters van Annechien waren niet gek. Het was wel degelijk de heks die in hen kroop.'

Ze wreef over haar ogen. 'Ik dacht dat mijn ontdekkingen ongevaarlijk waren. Dat waren ze ook, tot ik het Oog vond. Jouw grootmoeder, mijn nicht, erfde het. Zij moet begrepen hebben dat er wat mis was met de steen. Ze nam het Oog met zich mee in haar graf. Ze dacht dat het daar geen kwaad meer kon doen.'

'Maar vannacht, daarnet, daarnet hebt u me het Oog willen omdoen... ik...'

Tante Magdalena schudde haar hoofd. Er kwamen tranen in haar ogen. 'Nee! Dat was ik niet. Dat was Annechien! Net als vanochtend toen je zo van me schrok! Vannacht, toen ik in de grotkelder aan het studeren was, nam ze me weer in bezit. Het is allemaal mijn schuld. Ik had de steen met rust moeten laten. Waarom ben ik zo stom geweest? Ik ontdekte waar mijn nicht begraven was. Ik heb het graf geopend en het Oog meegenomen. En vanaf dat moment probeerde Annechien in mijn hoofd te komen. Ik voelde haar kracht groeien. Ze trok aan me, ze duwde me weg uit mijn lichaam en nam mijn plaats in.'

De rode ogen, dacht Agnes. Ik wíst het. Als haar ogen rood werden had Annechien tante Magdalena in haar macht.

De stem van haar tante werd schor van de ingehouden tranen. 'Annechien was het die jou opgespoord heeft. Zíj heeft je hierheen gehaald. Zíj, terwijl ze mijn lichaam gebruikte. Ik kon niet tegen haar vechten. Ik moest wachten tot haar kracht minder werd. Dan moest ze me mijn lichaam teruggeven. Ik weet niet wat ze gedaan heeft al die keren dat ze mij gebruikte. Ik weet het niet. Ik zweefde blind en gevoelloos rond tot ik mijn lijf weer vond. En vannacht... Vannacht heeft ze me naar het lichaam gestuurd dat ze voor het laatst gebruikt heeft. Het ene moment zat ik in de kelder. Het volgende moment werd ik wakker in de grafkist van mijn nicht!'

Agnes stond bij het aanrecht en vulde de theeketel. Tante Magdalena plukte wezenloos twijgjes uit haar haar.
'Het was haar om jou te doen,' mompelde ze. 'Een jong, gezond lichaam. Een zwakke kindergeest die ze makkelijk kon verdrijven. En bovendien... bovendien waren je vader en moeder heel in de verte familie van elkaar. Een van je betovergrootvaders was Annechiens broer. In jou is de toverkracht sterker dan bij wie dan ook. Je stamt in twee rechte lijnen van Annechien en haar vader af.'
Agnes dacht aan vroeger, thuis, waar geen portret stond, geen erfstuk te vinden was. Hadden haar vader en moeder geweten hoe het zat met de familie? Het kon haast niet anders. Door alles weg te halen dat aan de familie herinnerde, hadden ze geprobeerd de geschiedenis om de tuin te leiden. Het was niet gelukt, de vloek had Agnes ingehaald. Was dit waarvoor ik voorbestemd ben, dacht ze? Geen prinses worden, maar een heks?
Ze schrokken allebei van de ketel die begon te fluiten.

15. Grote schoonmaak

De warme thee kalmeerde hen.

'Wat een toestand hè,' zei tante Magdalena.

Agnes knikte. 'Is het goed... vindt u het erg als ik morgen naar Utrecht terugga?'

'Nee schatje, natuurlijk niet. Ik begrijp best dat je hier niet blijven wilt.'

Ze keek de keuken rond. 'Ik blijf ook niet. Dokter Phillips krijgt zijn zin. Ik zal hem de boerderij verkopen. Van het geld kan ik een bejaardenflatje kopen. Wij zijn de laatste Giesbergers die hier een voet over de drempel hebben gezet. Jij gaat veilig terug naar Utrecht. Ik weet zeker dat je alles wat hier gebeurd is, over een paar maanden vergeten bent. Dan is het niets meer geweest dan een nare droom. Jij kunt een gewoon leven leiden. Net als ik mijn laatste dagen gewoon een oude vrouw zal zijn. Afgesproken?'

'Ja,' zei Agnes opgelucht. Ze keek recht in tante Magdalena's honingbruine ogen. Een gewoon leven, dacht ze. Gelukkig maar. Ik hoef niet zo nodig meer bijzonder te zijn.

Zwijgend dronken ze hun thee op.

Het was drie uur in de nacht. Agnes en haar tante stonden in het gangetje naar de kelder. Tante Magdalena schoof de manden en rieten koffers opzij. Ze legde haar hand op de muur. Langzaam kantelde de muur weg. Plotseling zag het gangetje er precies zo uit als in Agnes' droom. Angst gleed koud over haar rug. Het donkere gat, de treden die met een scherpe

82

bocht naar beneden leidden...

Tante Magdalena glimlachte geruststellend. 'Het Oog is er niet,' zei ze. 'Kom, we zijn veilig zolang we niet toegeven aan vreemde verlangens. Niet praten en alleen doen wat we ons voorgenomen hebben. Alle boeken en portretten moeten naar buiten.'

Ze pakten allebei een koffer en zwijgend gingen ze naar de kelder uit Agnes' droom.

In het licht van een olielamp zag Agnes nu dingen die ze de eerste keer niet had gezien. De grote tafel stond zorgvuldig in het midden van een ster met vijf punten. In iedere punt waren vreemde tekens gekrast. De vijfhoekige ster lokte haar terwijl hij haar tegelijk nog banger maakte. Wat waren die tekens? Spreuken om te praten met wat er achter de sterren lag?

Tante Magdalena was naar de boekenkasten gelopen. Ze begon de oude vergeelde boeken met armenvol in de rieten koffer te gooien.

Agnes vermande zich. Ze haalde diep adem en stapte in de ster. Zonder haar gedachten een seconde de kans te geven af te dwalen, graaide ze de schriften, mappen en aantekeningen bij elkaar. De aantekeningen van tante Magdalena in balpen. De aantekeningen met kroontjespen die Annechien gemaakt had toen ze tante Magdalena's lichaam in bezit had.

Agnes bleef met een vel in haar handen staan. Woorden geschreven door iemand die al driehonderd jaar dood was. Taal van eeuwen geleden, met zóveel kracht dat er onmenselijke dingen mee gedaan konden worden.

Ze verfrommelde het vel en smeet het op de vloer. Ze veegde

boeken bij elkaar en gooide ze in de rieten koffer.

Een uur werkten ze zwijgend en verbeten. Ze sjouwden de koffers naar boven en stapelden ze op het erf. De lucht was zwartgrijs, er dreigde regen, maar het bleef droog.

Toen de laatste boeken uit de kelder waren, sloot tante Magdalena de verborgen deur.

'Dadelijk maken we een vuur en verbranden we alles. Daarna zal ik verbranden wat er in die opengebroken grafkist op het kerkhof ligt. We zullen Annechiens weg voorgoed afsluiten.'

Ze keek op de klok aan de muur. 'Het is bijna half vijf. We zijn de hele nacht op geweest. Laten we eerst iets eten. Het is misschien raar op een moment als dit, maar we moeten proberen het gewone leven, het echte leven, door te laten gaan. Ik zal pap maken.'

Ze liep naar de keuken.

Schoorvoetend ging Agnes naar de stapel koffers op het erf. Papieren en portretten puilden er uit. Al haar overgrootmoeders, een hele familie waar een vloek op rustte. Als het vuur dadelijk brandde, zouden ze verdwijnen zonder dat Agnes ze goed had kunnen bekijken.

Haar oog viel op een vel dat dicht was beschreven in Annechiens middeleeuwse handschrift. Ze las automatisch wat erop stond. De vreemde woorden fluisterden in haar hoofd en draaiden rond tot ze er duizelig van werd. Agnes wierp nog een blik op het vel papier. De letters leken groter te worden. Zwart en dik sprongen ze van het papier af. *Vemi-us, yog sothot, h'eel. Saba-oth, Karoth!* In gedachten zong Agnes de woorden mee op de schrille melodie van een fluit. Ze

begreep hun angstaanjagende klanken, ze wist dat ze hoorden bij een slang die omhoog kronkelde.

Tante Magdalena kwam naar buiten. 'De havermout staat te koken. We hebben een half uurtje. Schatje, je ziet lijkbleek.' Ze wierp een blik op de brandstapel en zei: 'Ik had je toch gewaarschuwd?'

Ze sloeg een arm om Agnes heen en bracht haar naar de keuken. 'Ga even zitten. Ik zal...' Ze liep de gang in en kwam terug met een van de stoelen uit de zondagse kamer. 'Hier, ga lekker zitten, ik zal een deken voor je halen.'

Agnes merkte nauwelijks dat ze in de stoel werd gezet. Ze was doodmoe en sliep al voor haar ogen dicht waren.

16. Het graf van Annechien

Agnes droomde. Ze droomde van de toverkelder. De lege kasten gaapten haar aan als open monden. Ver weg, voorbij de sterren, had iets zijn ogen opengedaan.

Agnes keek naar de gebeitelde vijfhoekige ster, waar de lege tafel in stond. Van de tekens in de vijf punten herkende ze er twee. De klimmende en de dalende slang. *Vemi-us yog sothot, h'eel Saba-oth Karoth!*: de woorden van de klimmende slang. Ze sprak ze zachtjes uit. Dit waren de woorden die iets wakker maakten dat verlangde weer tot leven gewekt te worden. Hoog boven zich hoorde ze een kreet.

'Mijn hoofd! Nee, blijf van me af!' schreeuwde tante Magdalena. 'De vlam! Het vuur, nee, niet terug onder de aarde! Blijf van mijn gedachten af!'

De woorden van de klimmende slang zongen in Agnes' hoofd. Ze wist dat dit een droom was. Maar toch deed ze iets vreselijks. Ze maakte Annechien wakker. Door de woorden van de klimmende slang ontwaakte de oude heks. Het was niet de edelsteen aan de hanger die haar naar de aarde terughaalde, het waren de woorden geweest die ze daarnet had uitgesproken.

Tante Magdalena moest ze ook hebben uitgesproken toen ze de geheime kelder had gevonden. Zonder te weten wat ze deed had ze de spreuk van de klimmende slang hardop gelezen en Annechien gewekt. Hoe had ze ook kunnen weten wat ze deed? Zij was niet uitverkoren, zoals Agnes.

Tante Magdalena slaakte nog een angstige kreet.

Agnes werd wakker. Ze zat weer in de zondagse stoel waar haar tante haar had toegedekt met een deken. Of droomde ze dat ze er zat? Nee. Ze was wakker.

Tante Magdalena stond in de keuken met een doosje lucifers in haar hand. Ze wierp een spottende blik op de stoel. Haar ogen waren kolkend rood.

'Laten we eerst zorgen dat zij niet terugkomt,' zei ze met een stem die Agnes alleen in haar hoofd hoorde.

Ze liep de keuken uit.

Agnes stond op en ging ook naar buiten. Ditmaal was ze niet bang toen ze het bos in liep. Zonder te twijfelen vond ze het pad naar de heksensteen.

Bij het altaar ging ze op haar knieën zitten en zocht de hanger. Het kettinkje met de groen en rode steen lag tussen de hoge grassprieten. Agnes pakte het op en voelde hoe de steen warm werd in haar hand. Zacht als de vacht van een kat, warm alsof hij leefde.

Het was bijna zover. Agnes wist dat het moment van de waarheid naderde. Ze voelde de kracht van de steen door zich heen glijden.

De zwarte reus met de cape en de hoed verscheen uit het niets. Onder zijn mantel haalde hij een boek te voorschijn en legde het open op de witte steen van het altaar.

Agnes knikte.

De zwarte reus stak zijn klauwachtige hand uit en raakte haar wijsvinger aan met een pikzwarte kromme nagel. Agnes voelde dat ze was aangeraakt door iets dat oneindig machtig was. Er welde een druppeltje bloed op uit haar vingertop. Toen ze haar naam in het boek schreef, wist ze dat dit het moment was waar ze altijd op gewacht had. Ze was geen prinses, ze zou iets heel anders worden.

Nadat de zwarte reus verdwenen was, liep ze naar het kerkhofje.

De bomen wierpen naargeestige schaduwen over de slordige graven. De geur van aarde en planten hing zwaar in de stilte.

Tussen de bomen aan de rand van het kerkhof bleef Agnes staan. Ze keek naar de gebogen gestalte van de oude vrouw en zag de hoop weggeschepte aarde hoger worden.

De bewegingen van de oude vrouw stokten. Ze wierp een steelse blik naar Agnes en grijnsde listig. Haar ogen gloeiden. In de schemering onder de bomen zag ze er uit als een kwaadaardige kobold.

'De kist,' zei ze met een schrille stem die langs de boomstammen echode en niet weg leek te sterven. 'We zullen haar de weg terug voorgoed afsnijden.'

Ze bukte, pakte een fles uit het gras, goot hem in de kuil en streek een lucifer af.

Het hout van de kist moest kurkdroog zijn. Het ontbrandde in een waaier van vonken. Steekvlammen schoten omhoog en grauwe rook steeg op uit de kuil.

Agnes hoefde maar een kleine stap vooruit te doen om in de kuil te kunnen kijken.

In de kist die razendsnel door de vlammen werd opgevreten lag een slordige berg botten die geel en rood kleurden toen de vlammen eraan likten. In de rook die steeds dichter werd, zag Agnes een schedel met resten grijs haar. En waren het de vlammen, of zag ze plotseling de lege oogkassen opgloeien? Honingbruin, met een wanhopige, stille smekende blik?

89

Toen boorde een dunne kreet zich als een lichtstraal omhoog. Een verre jammerklacht die opsteeg en wegstierf.
Achter de grijze wolken, voorbij de sterren keek iets met een onmenselijke, aandachtige blik naar beneden.

17. Het einde van de heks

Agnes was terug in de lege keuken. Het schemerde nog steeds, alsof de zon aarzelde op te komen. De deken lag slordig om haar heen.

Toen ze opstond, voelde ze iets om haar nek. Al voor haar vingers het aanraakten, wist ze wat het was: de groen met rode steen, zo groot als een stuiter: Het Oog van Karoth. Ze was in het bos geweest, maar ze kon zich niet herinneren dat ze de steen had opgehaald. Het enige dat ze scherp zag, was de heks bij het graf in het bos. Ze zag haar rode ogen loeren. Ze zag de kwaadaardige grijns om haar mond en wist wat er gebeurd was op het kerkhof.

Het was geen droom. Het leek een nachtmerrie, maar het was écht. Het was echt, zoals alles de afgelopen dagen niet gedroomd was. Op dit moment liep de heks Annechien na driehonderd jaar weer op aarde rond, ditmaal in het lichaam van tante Magdalena. De geest van haar tante was verbrand, samen met de oude kist op het kerkhof.

En ik ben het volgende slachtoffer, begreep ze. Een vers, jong lichaam. Ik ga bovendien van vaderskant en van moederskant terug naar Annechiens vader. Maar mij krijgt ze niet.

Agnes was er merkwaardig zeker van dat het niet de bedoeling was om het slachtoffer van de heks te worden. Er wachtte iets groters voor haar.

Ze liep naar het fornuis, waar de havermout zacht pruttelde.

Er ritselde iets achter het aanrecht. Muizen, of ratten misschien.

Agnes glimlachte. Ze deed de glazen deur van de keukenkast open en hurkte. Op de onderste plank stond een plastic pot waar met rood een muis en een gevarendriehoek op stonden. Ze pakte het potje, trok het deksel los en keek naar de haver-vlokken.

Voorzichtig goot ze de helft in de pan op het vuur. Het potje zette ze zorgvuldig op zijn plek terug en roerde toen goed in de pap.

Daarna pakte ze borden en lepels, dekte de keukentafel en ging zitten wachten.

Tante Magdalena's komst werd aangekondigd door een golf van vijandigheid. Het leek of de boerderij wakker werd uit zijn slaap van eeuwen en al zijn woede op Agnes richtte.

Tante Magdalena kwam binnen. Gebogen, met piekend haar en een onaardse blik. De angst maakte Agnes' mond droog, maar ze wist dat wegrennen niet zou helpen. Dit was geen boze droom waaruit ze kon vluchten naar haar veilige bed.

Ze stond op, probeerde het beven te onderdrukken en liep naar het fornuis. Ze voelde de vuurrode blik van de oude vrouw in haar rug.

Annechien mag niet merken dat ik weet wat er gebeurd is, dacht ze. Ik moet net doen of ik denk dat ze tante Magdalena is.

'Laten we maar gaan eten,' zei ze zo droog mogelijk. Ze pakte de pan en schepte de twee borden vol.

De achterdocht kwam bijna tastbaar uit de ogen van de oude vrouw, maar toch ging ze zitten.

'Eten,' zei ze met een stem die maar heel in de verte op tante Magdalena leek. 'Eten, jaja.'

'U had honger, weet u nog? En dadelijk kunnen dokter Phillips en Gijs voor de deur staan. We moeten de brandstapel nog aansteken.'

De oude vrouw ging aan tafel zitten, wierp haar een borende blik toe en nam een hap. 'Nee, we gaan niets verbranden,' zei ze na de eerste hap die ze direct wegslikte. 'Ik heb besloten de papieren te bewaren.'

Agnes trok met haar lepel strepen in de havermout terwijl de oude vrouw at zonder te proeven. Ze vroeg zich af hoe snel het gif werkte en hóe het werkte.

De oude vrouw bracht de lepel naar haar mond terwijl ze Agnes strak aankeek.

Agnes merkte dat haar gedachten weggleden. Ze werden wazig en dreven naar de rand van haar hoofd. In het midden bleef een lege plek over, die zich stiekem vulde met gedachten die niet van haar zelf waren. Gedachten die haar hoofd verkenden als een soldaat een vreemd slagveld. Steeds meer kwamen er, zoekende, trekkende en graaiende gedachten die Agnes' eigen ik steeds meer verdrongen.

En intussen keek de oude vrouw haar strak, hypnotiserend aan. Een stuiptrekking schokte over haar gezicht, maar ze bleef kijken. Agnes zag het vanaf een afstand, alsof ze niet meer in haar eigen lichaam was.

Pijn trok de mond van de oude vrouw tot een afschuwelijke grijns, maar ze bleef kijken.

Pas toen de vreemde gedachten bij elkaar kwamen en een steeds warmer wordende bal in haar hoofd werden, begreep Agnes wat er aan de hand was. Annechien probeerde haar uit haar lichaam te dringen.

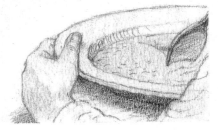

94

Roerloos zaten ze tegenover elkaar, in een onzichtbaar gevecht. Agnes worstelde, stribbelde tegen, probeerde de warme bal te vermorzelen, maar het lukte niet. De wilskracht van de oude vrouw was te groot.

Toen schudde de oude vrouw op haar stoel van een pijnscheut. Even waren haar gedachten bij het vreemde oude lichaam dat ze bezig was te verlaten. Dat ene moment was genoeg. Agnes voelde dat ze haar gedachten weer bij elkaar had. En zonder te aarzelen begon ze zachtjes woorden te vormen.

'*Suo loco qu-ae, jove, maluca.*' Het waren de geruststellende woorden van de dalende slang. De spreuk waarmee alles werd teruggestuurd wat de klimmende slang had opgeroepen. De oude vrouw was overeind gekomen. Ze steunde op de tafel en antwoordde de tegenspreuk: '*Vemi-us, Karoth... h'eel...*'

Agnes' dalende slang was sterker. Terwijl het onheilspellend donker werd en een donderslag door de bewolkte lucht kliefde, maakte zij haar spreuk af. De laatste woorden gilde ze bijna in triomf. '*Maluca!*'

Annechiens stem was weggestorven. Half overeind, half op de tafel geleund, keek ze naar Agnes met een blik van kokend rood.

Toen schokte haar lichaam heftig. Agnes voelde hoe de indringster uit haar hoofd verdween. De groen met rode steen om haar hals werd warm, alsof hij opzoog wat er uit het lichaam van de oude vrouw zweefde.

Toen viel de oude vrouw terug in de stoel en sloeg voorover in de havermout.

De auto van dokter Phillips stopte met gierende motor op het erf. De portieren zwaaiden open. Met dodelijk ongeruste gezichten kwamen Gijs en de dokter op Agnes af, die bij de brandende rieten koffers en manden stond.

'Waar was je!' riep Gijs.

'Ik heb het hele dorp gealarmeerd!' zei dokter Phillips. Hij zag er uit alsof hij in zijn kleren geslapen had. Gijs moest paniek gezaaid hebben toen hij merkte dat Agnes er niet meer was.

'Er is een groep in het bos aan het zoeken,' zei Gijs. 'En er komt een groep hierheen. We dachten dat je tante...'

'Dat je naar je tante was gegaan en dat ze misschien erg in de war was,' vulde de dokter aan.

'Mijn tante is binnen,' zei Agnes. 'Maar ik geloof dat u te laat bent.'

18. Karoth

Het was net niet precies zo gegaan als driehonderd jaar eerder. Geen klopjacht ditmaal, geen zoektocht door het huis naar de grot waar Annechien zich verstopt had. Toen de zoekploeg van Oudenaarders het erf op kwam, lag het laatste lichaam van Annechien onder een deken in de keuken.

Agnes bleef ijzig kalm onder de blikken van de dorpelingen. Ze zag de achterdocht en de afschuw. Maar op haar borst hing de troostende warmte van de groen met rode steen.

Dokter Phillips probeerde uit de brandende berg riet en papier nog wat oude boeken te redden, maar toen hij een smeulend boek oppakte en de titel Necronomicon las, gooide hij het terug in de vlammen. Hij ging naar Agnes die in de keuken afwachtte wat er verder zou gebeuren.

'Je hoeft me nu niets te vertellen,' zei hij. 'Ik begrijp dat je in de war bent en bang. Misschien kun je niet eens over je lippen krijgen wat zich vannacht heeft afgespeeld. Maar ik wil één ding graag weten. Is er een grot onder de boerderij?'

Agnes knikte.

'En hééft Annechien Vos van Giesberger daar...'

Agnes knikte weer. 'Het is allemaal waar wat er over haar verteld werd. Ga ik nu de gevangenis in?'

De dokter streek over haar hoofd. 'Kinderen van jouw leeftijd mogen niet opgesloten worden. Ik weet niet wat de politie van plan is. Je zult in elk geval verhoord worden.'

Agnes knikte weer en stond op. 'Ik mag nu toch wel naar buiten?'

'Natuurlijk.'

Toen ze de keuken uit liep, keek ze niet naar de grijze deken naast de keukentafel.

De meeste dorpsbewoners waren weer naar huis. Een paar mannen wachtten nog op de politie en de ambulance uit Houthem. Ze bekeken Agnes met achterdocht.

Gijs stond bij de brandstapel, die inmiddels in een smeulende hoop as was veranderd.

'Je hebt niet veel aan me gehad hè?' zei hij. 'Ik heb niet eens knikkers voor je kunnen kopen.'

'Geeft niet,' zei Agnes. 'Ik hoefde die stuiter van jou toch niet te winnen. Ik heb er al een. Een groen met rode.'

'Maar je had me toch wakker kunnen maken toen je vannacht wegglipte?' Gijs grijnsde verlegen. 'Ik val anders nooit meteen in slaap. Had ik echte hekserij kunnen meemaken, ben ik het misgelopen.' Er kwam een nieuwsgierige, gretige blik in zijn ogen. 'Ze zeggen dat de geest van Annechien je heeft opgejut om je tante te vergiftigen. Maar ik geloof er niks van hoor. Ik weet dat je onschuldig bent. Je bent toch een vriendin?'

Agnes glimlachte. 'Denk je dat ik zou liegen tegen iemand die ook in Utrecht heeft gewoond?'

'Nee hè?'

'Nee. Ik heb tante Magdalena niet vermoord. Toen ik haar de pap met het vergif gaf, was ze al lang dood.'

Gijs bekeek haar plotseling met diepe afschuw.

Agnes keek naar het schrift voor zich. Ze las de laatste regel die ze had opgeschreven nog eens. Toen gleed haar blik naar de muur, waar een scheurkalender hing. Het was 21 juni.

De eerste nacht op het harde bed in de politiecel was de zwarte reus bij haar gekomen. Hij had haar het boek met haar naam in bloed laten zien. Ze hadden lang met elkaar gesproken.

Dokter Phillips had zich vergist toen hij vertelde dat de zwarte man de duivel was. Hij was de geest die Annechien had proberen op te roepen. Hij was Annechiens vader, die in Duitsland op de brandstapel was gezet. In Agnes was zijn familiebloed weer samengekomen. Vaderskant en moederskant.

De zwarte man had al haar vragen beantwoord. Ja, Agnes was uitverkoren. Zij zou de taak volbrengen waar haar hele familie eeuwen naar toe had geleefd. Nu haar naam in het boek stond, was alles gegaan zoals het bedoeld was. Drie eeuwen van wachten waren beloond. Het grote moment, het éne moment stond aan te breken.

Om haar hals hing de steen die de sleutel tot de sterren was. Op midzomernacht zouden de sterren weer in hun ideale stand staan. Agnes was uitverkoren om de weg naar de Oude Goden af te leggen en Karoth te ontmoeten. Zij zou de geheime krachten van het heelal kennen. Ze zou de plaatsen bezoeken waar de goden wachten. De hoogvlakte van Lem, de betoverde droomstad Kadath. Zij zou Karoth begeleiden op zijn tocht naar de aarde.

Agnes ging op het smalle bed in haar cel liggen en sloot haar ogen. Haar hand gleed naar de steen om haar hals. Het Oog van Karoth.

Haar ogen werden zwaar. Ze dacht aan de sterren die vanavond aan de heldere lucht zouden staan. Ze probeerde zich voor te stellen hoe ze zou reizen. Verder dan een mens ooit gegaan was. Naar plaatsen waar geen mens ooit zou komen. Terwijl ze in slaap viel, glimlachte ze om wat dokter Phillips had verteld over de ziekte in de familie. Een erfelijke gekte... Vannacht zou het gebeuren. De zwarte man zou haar komen halen. Net als driehonderd jaar geleden zou ze uit de cel verdwijnen. Geen muren zouden haar tegenhouden op weg naar dat ene moment waarop ze altijd gewacht had.

Agnes sliep. Ze droomde van de statige paleizen in de godenstad Kadath. Ze dwaalde door enorme zalen en keek uit over de prachtige pleinen die worden beschenen door het licht van vreemde sterren. Ze beklom sierlijke torens en keek toe hoe de Oude Goden dansten op de muziek van gouden fluiten.
En uit de eindeloze nacht daalde de gedaante van de wachter neer op de toren waar ze stond. Karoth was gekomen om haar te verwelkomen. De sterren verdwenen achter zijn reusachtige gestalte. Karoth was groter dan een mens ooit gezien had. Groter dan het verstand van een gewoon mens kon begrijpen.
Agnes woelde op het bed in de politiecel. Een ziekte in de familie, had dokter Phillips gezegd. Hij moest eens weten.
Ergens, ver, ver weg, voorbij de sterren, opende iets zijn onmenselijke ogen en glimlachte.

Waarom ik dit boek schreef?

Als ik kon voetballen, zou ik ervan dromen ooit in Oranje te spelen. Toen ik gitaar leerde spelen was mijn grootste wens een Beatles-nummer schrijven en er een wereldhit mee scoren.

Toen ik op mijn veertiende het boek Heksensabbath van de Amerikaan Howard Phillips Lovecraft las, wist ik dat ik ooit net zo griezelig wilde schrijven als deze Amerikaan. De verhalen van Lovecraft waren zo eng, dat ik ze 's avonds niet durfde te lezen. Zelfs niet in mijn veilige bed, met volop licht aan. Veel van Lovecrafts verhalen gaan over mensen die manieren verzinnen om eeuwig te blijven leven. Andere gaan over een vreemde godsdienst die Lovecraft zelf verzon. Dat was nog eens andere koek dan vampiers en spoken. Toen ik één boek van Lovecraft had gelezen, wilde ik ze allemaal lezen. Het was nog een hele klus, want Lovecraft heeft bijna alleen maar korte verhalen geschreven. Ik moest ze in allerlei bundeltjes bij elkaar sprokkelen. Een paar bundels moest ik zelfs helemaal in Amerika bestellen.

En ik wilde dus óók griezelig schrijven.

Op mijn zestiende deed ik mijn eerste poging. Ik schreef het verhaal Het Oog Van Karoth, maar ik was er niet tevreden over. Ik had nog veel te leren. In 'Bloed op de heksensteen' probeer ik het opnieuw.

Dit boek is dus een bedankje aan Lovecraft, al weet ik niet of hij er tevreden mee zou zijn (hij is al 60 jaar dood).

Als ik jou met dit verhaal de stuipen op het lijf jaag, ben je niet de enige. Af en toe joeg ik mezelf bij het schrijven ook de stuipen op het lijf. Ik had dan het gevoel dat iemand van ver weg over mijn schouder las wat ik opschreef. Of het de geest van Lovecraft was... ik hoop het maar. Het kan ook iets van voorbij de sterren zijn geweest.

Bies van Ede

Wie is Bies van Ede?

Geboortedatum: 27 april 1957
Woonplaats: Haarlem
Kleur ogen: grijsgroen en nog wat
Haarkleur: bruin
Lengte: 184,5 centimeter
Gewicht: 90 kilo, ben ik bang
Hobby's: straattheater, zang en gitaar,
koken
Huisgenoten: kat Zondag
Eigenaardigheden: haat sport en moet vaak diep zuchten om
niets
Lievelingseten: Indonesisch en hutspot
Lievelingskleur: blauw
Favoriete muziek: Pink Floyd, Roger Waters, Tom Waits,
Leonard Cohen
Favoriete woord: achternamiddag
Favoriete sport: zie eigenaardigheden
Favoriete kinderboek: (als kind) Alleen op de wereld
Favoriete kinderboek: (nu) De wind in de wilgen
Persoonlijk motto: je tijd is om voor je weet hoe laat het is
Droomwens: naar een live-concert van de Beatles

In deze serie zijn verschenen:

Veilig bij Maboe

In 1987 gaan Marlies en haar ouders in Zuid-Afrika wonen. Blanken en zwarten zijn in dat land in strijd met elkaar. Iedereen is er bang en voelt zich bedreigd. Marlies ontdekt dat Ed, haar buurjongen, zelfs bang is voor zijn eigen vader. Die blanke man voelt zich zo bedreigd door de zwarten, dat hij zijn zoon wil beschermen door hem een onmenselijk strenge opvoeding te geven. Ed wordt er doodziek van. Zo ziek dat Marlies en haar vader Ed tijdelijk ontvoeren. Ze brengen hem naar een schuilplaats ver weg in de rimboe, bij de zwarte houtsnijder Maboe.

Verboden voor mensen

De gemeentewerkers breken de straat bij Freds huis voor de vierde keer open. Dat hadden ze beter niet kunnen doen. Want diep onder de stad verschuilen zich wezens die het zonlicht haten en weinig met mensen ophebben.

De volgende ochtend staan er vreemde handafdrukken op de huizen en een waarschuwing in pikzwarte druipletters: Stop grafe!!!

Maar ondanks dat dreigende bericht graven de gemeentewerkers gewoon door. Dan volgen onaangename gebeurtenissen elkaar in hoog tempo op...

Buitenspel

FC Vios speelt om het wereldkampioen-
schap tegen de Amerikaanse ploeg de
Yanks. De wedstrijd vindt plaats in een
supermodern, superbeveiligd stadion.
Het is niet alleen een topwedstrijd tussen
twee elftallen, maar ook tussen hun spon-
sors: welk merk frisdrank is straks de spon-
sor van de wereldkampioen: Ultra Drink of
Nectar Plus?
In de eerste helft komen de Nederlandse
jongens op voorsprong, maar na de rust
ontdekken ze het geheime wapen van
Nectar Plus...

Ik wil jouw dochter niet zijn

Vlak voor zessen gaat Nienke nog even een
pak suiker voor haar moeder halen. Maar...
een paar uur later is ze nog steeds niet
terug. Ze is spoorloos verdwenen en haar
ouders zijn verschrikkelijk ongerust.
Wat kan er gebeurd zijn? Een ongeluk misschien, of is Nienke ontvoerd? De politie
gaat op onderzoek uit, maar ondertussen
lost Nienke zelf steeds meer raadsels op.
Waarom houdt Isabel haar gevangen? En
wie is die Jolanda waar ze steeds over
praat?

Barrage

Suzanne heeft voor haar verjaardag prachtige rijkleding gekregen. Die komen goed van pas voor het jaarlijkse concours van manege 'De Koning'.

Samen met de andere meisjes en jongens van de woensdagmiddaggroep oefent Suzanne voor de springwedstrijd. Spannend vooral nu ze een nieuwe instructeur hebben: een enorm knappe vent, die sprekend op Duke Jerry lijkt. Alle meiden zijn stapelverliefd op hem en sloven zich vreselijk voor hem uit.

Dan is de grote dag van het springconcours aangebroken...

De stem in de kast

Maud en haar vriendje Gideon krijgen de kans om in een oude leegstaande fabriek rond te kijken als het gebouw verkocht wordt aan tandarts Vogelenzang. Ze doen er een vreemde ontdekking: er zit een jongetje opgesloten in een kast. Houdt de tandarts hem gevangen en zo ja, waarom?

Als er vreemde dingen met de patiënten gebeuren, besluiten Maud en Gideon in te grijpen. Maar ook Gideon valt in de handen van de tandarts. Maud staat er nu helemaal alleen voor! En dat valt niet mee voor een meisje van tien jaar...